Agatha Christie

POIROT SEMPRE ESPERA
E OUTRAS HISTÓRIAS

Tradução de PEDRO GONZAGA

www.lpm.com.br

Coleção **L&PM** POCKET, vol. 699

Texto de acordo com a nova ortografia.

Título original: "In a Glass Darkly", "The Mystery of the Baghdad Chest", "Where There's a Will", "Second Gong", "The Underdog", "The Dressmaker's Doll" e "Sanctuary".

Primeira edição na Coleção **L&PM** POCKET: maio de 2008
Esta reimpressão: outubro de 2020

Tradução: Pedro Gonzaga
Capa: Néktar Design sobre foto de ©Inge Morath/Magnum Photos
Preparação: Bianca Pasqualini
Revisão: Jó Saldanha

CIP-Brasil. Catalogação na Fonte
Sindicato Nacional dos Editores de Livros, RJ.

C479p   Christie, Agatha, 1890-1976
        Poirot sempre espera e outras histórias / Agatha Christie ; tradução de Pedro Gonzaga. – Porto Alegre, RS: L&PM, 2020.
        208 . – (Coleção L&PM POCKET; v.699)

        Tradução de: "In a Glass Darkly"; "The Mystery of the Baghdad Chest"; "Where There's a Will"; "Second Gong"; "The Underdog; The Dressmaker's Doll" e "Sanctuary"
        ISBN 978-85-254-1760-2

        1. Poirot (Personagem fictício). 2. Ficção policial inglesa. I. Gonzaga, Pedro. II. Título. III. Série.

08-1219.   CDD: 823
                                        CDU: 821.111-3

In a Glass Darkly © 1939 Agatha Christie Limited. All rights reserved.
The Mystery of the Baghdad Chest © 1939 Agatha Christie Limited. All rights reserved.
Where There's a Will © 1948 Agatha Christie Limited. All rights reserved.
Second Gong © 1948 Agatha Christie Limited. All rights reserved.
The Underdog © 1951 Agatha Christie Limited. All rights reserved.
The Dressmaker's Doll © 1961 Agatha Christie Limited. All rights reserved.
Sanctuary © 1961 Agatha Christie Limited. All rights reserved.
AGATHA CHRISTIE, POIROT, MISS MARPLE and the Agatha Christie Signature are registered trade marks of Agatha Christie Limited in the UK and elsewhere. All rights reserved.

Todos os direitos desta edição reservados a L&PM Editores
Rua Comendador Coruja 314, loja 9 – Floresta – 90220-180
Porto Alegre – RS – Brasil / Fone: 51.3225.5777

PEDIDOS & DEPTO. COMERCIAL: **vendas@lpm.com.br**
FALE CONOSCO: **info@lpm.com.br**
www.lpm.com.br

Impresso na Gráfica e Editora Pallotti, em Santa Maria, RS, Brasil
Primavera de 2020

SUMÁRIO

Através de um espelho sombrio / 7
O mistério da arca de Bagdá / 16
Onde há um testamento / 35
A segunda batida do gongo / 53
Poirot sempre espera / 82
A boneca da modista / 158
Santuário / 183

ATRAVÉS DE UM ESPELHO SOMBRIO

Não tenho explicação para esta história. Não tenho teorias sobre o porquê de tudo isto. Simplesmente aconteceu.

Da mesma maneira, às vezes eu me pergunto como teriam sido as coisas se eu tivesse percebido naquele momento o detalhe essencial que só pude apreciar muitos anos depois. Se eu o *tivesse* percebido... bem, suponho que o destino de três vidas poderia ter sido completamente alterado. De algum modo, não deixa de ser um pensamento assustador.

Tudo começou quando tive que retornar no verão de 1914 – um pouco antes da guerra –, seguindo para Badgeworthy na companhia de Neil Carslake. Neil era, acredito, meu melhor amigo. Eu também tinha conhecido seu irmão Alan, mas não muito bem. Sylvia, a irmã deles, eu não conhecera. Ela era dois anos mais nova que Alan e três mais moça do que Neil. Por duas vezes, enquanto frequentávamos a mesma escola, eu deveria ter ido passar as festas com Neil em Badgeworthy, mas nas duas vezes imprevistos impediram que isso ocorresse. Foi dessa maneira que somente aos 23 anos é que acabei conhecendo a casa de Neil e Alan.

Teríamos uma festa das grandes por lá. Sylvia, a irmã de Neil, acabara de anunciar seu noivado com um sujeito chamado Charles Crawley. Ele era, como dizia Neil, um bocado mais velho do que ela, mas um camarada bastante decente e razoavelmente próspero.

Chegamos, lembro-me, por volta das sete da noite. Cada um tinha ido para seu respectivo quarto para trocar de roupa para o jantar. Neil indicou-me o meu. Badgeworthy era um velho e charmoso casarão. Anexos foram construídos livremente ao longo de três séculos, de modo que o casarão acabou cheio de pequenos desníveis para cima e para baixo, e escadas surpreendentes. Era o tipo de habitação em que não é fácil se localizar. Lembro-me de Neil prometer vir me buscar para que descêssemos para jantar. Sentia-me um pouco tímido diante da perspectiva de encontrar seus familiares pela primeira vez. Recordo de dizer entre risadas que aquele era o tipo de casarão em que alguém esperava encontrar fantasmas pelos corredores, e ele disse, sem qualquer pudor, que acreditava que o lugar era assombrado, mas que nenhum deles jamais vira qualquer coisa, e que ele não sabia nem que forma um fantasma deveria ter.

Então ele se retirou e eu resolvi abrir minha mala para pegar as minhas roupas de noite. Os Carslakes não eram abastados; aferravam-se ao seu velho casarão, mas não tinham serviçais ou camareiros.

Bem, eu acabara de chegar ao estágio de dar o nó em minha gravata. Estava parado em frente ao espelho. Podia ver meu rosto e meus ombros e atrás deles a parede do quarto – uma parede plana, interrompida por uma porta posicionada bem no centro dela – e, enquanto terminava de ajeitar minha gravata, percebi que a porta se abria.

Não sei por que não me virei – creio que teria sido a atitude natural; de todo modo, não foi o que fiz. Fiquei apenas observando a porta se abrir devagar – e à medida que ela foi se abrindo, pude ver o quarto que ficava além dela.

Era um quarto – maior do que o meu – com duas camas, mas logo, porém, minha respiração se suspendeu: ao pé de uma das camas estava uma garota e ao redor de seu pescoço havia um par de mãos masculinas, e o homem a puxava devagar para trás, apertando sua garganta, de modo a sufocar a garota vagarosamente.

Não havia qualquer possibilidade de engano. Eu enxergava com clareza a situação. O que estava sendo cometido ali era um assassinato.

Podia ver com nitidez o rosto da garota, seus cabelos de um loiro vívido, o terror agonizante de sua bela face, ruborizada pouco a pouco pelo sangue. Do homem conseguia enxergar apenas as costas, as mãos e a cicatriz que corria de cima a baixo pela face esquerda até chegar ao seu pescoço.

Levou algum tempo para que eu me desse conta do que se passava, mas na realidade não foram mais do que alguns instantes de indecisão. Então me virei de súbito para salvá-la...

E na parede atrás de mim, a parede refletida no espelho, não havia mais do que um guarda-roupa vitoriano de mogno. Nenhuma porta aberta, nenhuma cena de violência. Voltei a olhar para o espelho. Em sua superfície refletia-se apenas o guarda-roupa...

Passei minhas mãos sobre os olhos. Então cruzei o quarto e tentei arredar o guarda-roupa para frente. Foi nesse momento que Neil entrou pela outra porta que vinha do corredor e me perguntou que diabos eu estava tentando fazer.

Deve ter me achado um tanto bizarro por lhe perguntar, quando me voltei para ele, se havia uma porta atrás daquele guarda-roupa. Ele disse, sim, havia uma porta aí atrás, ela dava para o quarto contíguo. Perguntei-lhe quem estava ocupando o quarto contíguo, e ele disse que eram os Oldams – um tal major Oldam e sua esposa.

Perguntei-lhe então se a sra. Oldam tinha cabelos claros, e quando ele respondeu secamente que ela era morena comecei a perceber que muito provavelmente eu estava fazendo papel de palhaço com aquela história toda. Tratei de me recompor, arranjei alguma desculpa esfarrapada e depois descemos juntos. Disse a mim mesmo que eu devia ter sofrido algum tipo de alucinação – sentindo-me, de modo geral, bastante envergonhado e um bocado idiota.

E então... Neil disse: "Minha irmã Sylvia", e eu olhava para o rosto adorável da garota que eu tinha visto ser sufocada até a morte... e logo fui apresentado ao seu noivo, um homem alto e moreno *com uma cicatriz que lhe corria por todo o lado esquerdo da face.*

Bem, aí estão os fatos. Gostaria que você pensasse ou dissesse o que faria se estivesse em meu lugar. Ali estava a garota – a mesma garota – e o homem que eu tinha visto sufocá-la – e os dois iriam se casar dentro um mês aproximadamente.

Tivera eu, ou não, uma visão profética do futuro? Será que Sylvia e o marido viriam para cá em algum momento no futuro e seriam alojados naquele quarto (o melhor quarto de hóspedes), fazendo com que a cena que eu havia testemunhado se realizasse em toda sua crueldade?

O que eu deveria fazer, afinal? Será que eu *poderia* fazer alguma coisa? Será que Neil ou a própria garota acreditariam em mim?

Não pensei em outra coisa durante toda a semana em que estive lá. Falar ou não sobre isso? E de modo quase instantâneo, outra complicação se apresentou. Veja você, apaixonei-me perdidamente por Sylvia Carslake no primeiro instante em que a vi... Desejava-a mais do que qualquer outra coisa na face da Terra... E isso, de certa maneira, deixou-me de mão atadas.

E ainda assim, se eu não dissesse nada, Sylvia se casaria com Charles Crawley e então ele a mataria...

De forma que, um dia antes de minha partida, resolvi revelar tudo a ela. Disse-lhe que acharia normal se me considerasse com o intelecto prejudicado ou algo semelhante, mas lhe jurei solenemente que tinha visto as coisas da exata maneira como haveria de lhe contar e que se ela estava determinada a se casar com Crawley, eu tinha obrigação de lhe falar sobre minha estranha experiência.

Ela escutou em profundo silêncio. Havia algo em seus olhos que eu não conseguia compreender. Ela não estava nem um pouco furiosa. Assim que terminei, agradeceu-me com seriedade. Segui repetindo como um idiota, "Eu *vi* isso acontecer. Realmente vi", e ela disse, "tenho certeza que sim, se você diz. Acredito em você."

Bem, o resultado é que acabei indo embora sem saber se tinha feito a coisa certa ou agido como um idiota, e uma semana depois Sylvia rompeu o noivado com Charles Crawley.

Depois disso, estourou a guerra, e não havia muito tempo livre para pensar em qualquer outra coisa. Uma ou duas vezes, quando estava de licença, cruzei com Sylvia, mas, tanto quanto possível, acabei por evitá-la.

Eu a amava e a queria mais do que nunca, mas de algum modo sabia que não seria agir da maneira correta. Graças a mim ela havia rompido o noivado com Crawley, e eu não deixava de repetir para mim mesmo que só poderia justificar a ação que eu havia tomado se fizesse de minha atitude um gesto puramente desinteressado.

Então, em 1916, Neil foi morto e coube a mim contar a Sylvia sobre seus últimos momentos. Já não podíamos permanecer nos tratando com toda aquela formalidade. Sylvia adorava Neil e ele havia sido meu melhor amigo. Ela estava graciosa, adoravelmente graciosa em sua dor.

Mal consegui segurar minha língua e parti outra vez, desejoso de que uma bala me encontrasse e pusesse fim a toda aquela situação miserável. A vida sem Sylvia não valia a pena ser vivida.

Mas não havia nenhuma bala endereçada a mim. Uma pegou de raspão debaixo do meu ouvido direito e outra foi desviada pela cigarreira em meu bolso, mas ao fim de tudo escapei ileso. Charles Crawley foi morto em combate no início de 1918.

De alguma maneira, isso fez a diferença. Voltei para casa no outono de 1918, um pouco antes do Armistício, e fui direto ao encontro de Sylvia para lhe revelar meu amor. Não tinha muitas esperanças de que ela fosse acolher de imediato meu sentimento, e você não poderia fazer ideia da minha surpresa quando ela me perguntou por que não havia lhe dito isso antes. Deixei escapar alguma coisa sobre Crawley e ela disse, "Mas por que você acha que terminei com ele?", e então ela me revelou que havia se apaixonado por mim do mesmo modo que eu me apaixonara por ela – desde o primeiro instante.

Disse-lhe que eu achava que ela tinha rompido seu noivado por causa da história que eu lhe contara, e ela sorriu zombeteira e me disse que se você ama um homem, não o abandona assim tão covardemente, e então nós repassamos a minha visão e concordamos que era estranha, mas nada de mais.

Bem, depois disso, por um bom tempo nada de muito significativo aconteceu. Sylvia e eu nos casamos e fomos muito felizes. Mas percebi, tão logo tive a noção de que ela era realmente minha, que eu não fora talhado para ser o melhor tipo de marido. Amava Sylvia com devoção, mas eu era ciumento, absurdamente ciumento de qualquer um a quem ela dirigisse um mero sorriso que fosse. Isso a divertiu em um primeiro momento, chego a pensar que isso chegava inclusive a agradá-la. Era prova, afinal, da extensão do meu amor.

Quanto a mim, percebi de forma completa e inequívoca que não só fazia papel de tolo como também estava pondo em risco a paz e a felicidade de nossa vida conjugal. Eu sabia disso, confesso, mas não conseguia mudar. Cada vez que Sylvia recebia uma carta e não me mostrava, eu me atormentava sobre a identidade de quem a havia enviado. Se ela sorrisse e conversasse com qualquer homem, logo dava comigo mal-humorado e vigilante.

De início, como disse, Sylvia ria de mim. Achava que era uma grande brincadeira. Logo passou a não achar tão engraçada a brincadeira. Por fim, já não achava graça nenhuma...

E, aos poucos, começou a se afastar de mim. Não no sentido físico, mas começou a afastar sua intimidade de mim. Eu já não sabia quais eram seus pensamentos. Ela era gentil, mas infelizmente de um modo distante.

Gradualmente, percebi que ela não me amava mais. O amor dela morrera e tinha sido eu o seu assassino...

O passo seguinte foi inevitável, dei-me conta de que o esperava, temeroso...

Então Derek Wainwright entrou em nossas vidas. Ele tinha tudo o que eu não tinha. Era inteligente e dono de uma língua afiada. Ademais, tinha boa aparência, e – sou forçado a admitir – era um ótimo sujeito. Assim que o vi, disse para mim mesmo: "Está aí o homem certo para Sylvia...".

Ela lutou contra isso. Sei que ela lutou... mas não lhe ofereci qualquer ajuda. Eu não podia. Estava mergulhado em minha melancólica e taciturna casmurrice. Eu sofria como o diabo – e não era capaz de estender um dedo sequer para me salvar. Não a ajudei. Piorei ainda mais as coisas. Certo dia, despejei sobre ela um ímpeto de cólera, selvagem e injustificada. As coisas que lhe disse foram cruéis e falsas e, enquanto eu as dizia, sabia o quão cruéis e falsas eram de fato. E ainda assim, senti um prazer brutal em dizer aquilo...

Lembro-me de como Sylvia ficou vermelha e se encolheu...

Levei-a ao limite de sua resistência.

Lembro-me que ela disse: "Isso não pode continuar...".

Quando cheguei em casa naquela noite, encontrei-a vazia – totalmente vazia. Havia um bilhete – bem ao estilo tradicional.

Nele ela dizia que estava me deixando – para sempre. Havia seguido para Badgeworthy, para passar alguns dias. Depois disso, iria ao encontro de uma pessoa que a amava e que precisava dela. Eu devia aceitar sua decisão como definitiva.

Acho que até então eu não tinha realmente acreditado em minhas próprias suspeitas. Essa confirmação por escrito de meus piores medos me deixou terrivelmente possesso. Fui atrás dela em Badgeworthy o mais rápido que o carro pôde me levar.

Ela acabava de trocar o vestido para o jantar, lembro bem, quando invadi a peça. Posso ver sua face: surpresa, linda, assustada.

Eu disse: "Ninguém além de mim poderá tê-la. Ninguém".

E eu a agarrei pelo pescoço e minhas mãos se aferraram à sua carne e eu a inclinei para trás.

Subitamente, vi nosso reflexo refletido no espelho. Sylvia prestes a sufocar e eu a estrangulá-la, a cicatriz em minha face onde a bala a havia marcado, abaixo da orelha direita.

Não, eu não a matei. Aquela repentina revelação me paralisou e fez com que afrouxasse os meus dedos, permitindo que o corpo dela deslizasse para o chão...

E então comecei a chorar – e ela me consolou... Sim, ela me consolou.

Eu lhe disse tudo o que sentia, e ela me disse que com a frase "uma pessoa que a amava e que precisava dela" estava se referindo ao seu irmão Alan... Abrimos nossos corações um para o outro naquela noite, e acho que, daquele momento em diante, jamais voltamos a nos separar...

É um pensamento edificante para se levar ao longo da vida – que, não fossem a graça de Deus e um espelho, alguém poderia se tornar um assassino...

Uma coisa de fato morreu naquela noite: o demônio do ciúme que me possuíra por tanto tempo...

Mas às vezes me questiono: se eu não tivesse cometido o erro inicial – a cicatriz na face *esquerda*, quando de fato era na *direita* – em função da imagem refletida pelo espelho... Estaria eu tão certo de que o homem era Charles Crawley? Será que teria avisado Sylvia? Estaria ela casada comigo ou com ele?

Ou será que o passado e o futuro são um só?

Sou um sujeito simples – e não sei fingir que entendo dessas coisas. Tenho certeza apenas do que vi, e que, graças a essa visão, Sylvia e eu estamos juntos, à moda antiga: até que a morte nos separe. E talvez além...

O MISTÉRIO DA ARCA DE BAGDÁ

As palavras davam uma manchete atraente, e eu disse isso ao meu amigo Hercule Poirot. Eu não conhecia nenhuma das partes. Meu interesse era meramente o interesse isento de um passante. Poirot concordou.

– Sim, tem um toque oriental, um toque de mistério. A arca pode muito bem ter sido uma imitação de um móvel jacobeu-carolíngio* de Tottenham Court Road; mesmo assim o repórter que pensou em nomeá-la a Arca de Bagdá estava incrivelmente inspirado. A palavra "mistério" também está justaposta com esperteza, embora, até onde sei, haja muito pouco mistério sobre o caso.

– Exatamente. É tudo muito terrível e macabro, mas não é misterioso.

– Terrível e macabro – disse Poirot reflexivamente.

– A ideia como um todo é revoltante – eu disse, me levantando e caminhando de um lado para o outro na peça. – O assassino mata esse homem, que é seu amigo, o enfia dentro de um baú e meia hora depois está dançando na mesma sala com a mulher de sua vítima. Pense! Se ela tivesse imaginado por um segundo...

– É verdade – disse Poirot, pensativo. – Essa gloriosa dádiva, a intuição feminina... parece não ter funcionado.

– Aparentemente a festa transcorria de modo alegre – eu disse com um leve arrepio. – E todo o tempo, en-

---
* Da época de James I, rei da Inglaterra.

quanto dançavam e jogavam pôquer, havia um homem morto com eles no salão. Alguém poderia escrever uma peça sobre isso.

– Já foi feito – disse Poirot. – Mas não desanime, Hastings – ele acrescentou gentilmente. – Só porque um tema já foi utilizado uma vez, não significa que não possa ser utilizado de novo. Escreva seu drama.

Eu peguei o jornal e estudava a reprodução borrada de uma fotografia.

– Ela deve ser uma mulher bonita – eu disse lentamente. – Mesmo por aqui dá pra ter uma ideia.

Abaixo da fotografia havia a seguinte legenda:

*Um retrato recente da sra. Clayton,
a esposa do homem assassinado*

Poirot pegou o jornal de minhas mãos.

– Sim – ele disse. – Ela é linda. Sem dúvida é daquelas que nasceram para perturbar a alma dos homens.

Ele me devolveu o jornal com um suspiro.

– *Dieu merci*, eu não tenho um temperamento ardente. Isso me salvou de muitos constrangimentos. Sou devidamente agradecido.

Não me lembro de termos discutido mais o caso. Poirot não mostrou nenhum interesse especial pelo assunto na época. Os fatos estavam tão claros, e havia neles tão pouca ambiguidade, que discuti-los parecia mera futilidade.

O sr. e a sra. Clayton e o major Rich eram amigos de longa data. No dia em questão, 10 de março, os Claytons aceitaram um convite para passar a noite com o major Rich. Por volta das sete e meia, no entanto, Clayton explicou para outro amigo, o major Curtiss, com quem tomava um drinque, que tinha sido chamado inesperadamente à Escócia e partiria no trem das oito horas.

— Terei tempo apenas para dar uma passada lá e explicar isso ao velho Jack – continuou Clayton. – Marguerita vai, é claro. Sinto muito por não poder ficar, mas Jack vai entender.

O sr. Clayton fez exatamente o que havia dito. Chegou ao apartamento do major Rich por volta das vinte para as oito. O major não estava, mas seu criado, que conhecia bem o sr. Clayton, sugeriu que ele entrasse e esperasse. O sr. Clayton disse a ele que não tinha tempo, mas que entraria para escrever um bilhete. Ele disse também que estava indo pegar um trem.

O criado, consequentemente, o levou até a sala de estar.

Cerca de cinco minutos depois, o major Rich, que deve ter entrado sozinho, sem que o criado o ouvisse, abriu a porta da sala de estar, chamou seu serviçal e o mandou sair para comprar cigarros. Quando voltou, o criado levou os cigarros para o seu patrão, que estava então sozinho na sala de estar. O criado naturalmente concluiu que o sr. Clayton já havia partido.

Os convidados chegaram um pouco depois. Eram eles: a sra. Clayton, o major Curtiss e o sr. e a sra. Spence. Passaram a noite dançando ao som da vitrola e jogando pôquer. Os convidados partiram pouco depois da meia-noite.

Na manhã seguinte, quando estava entrando na sala de estar, o criado ficou alarmado ao ver uma mancha escura que marcava o tapete embaixo e na frente de um móvel que o major Rich havia trazido do Oriente, e que era chamado de a Arca de Bagdá.

Instintivamente o criado levantou a tampa da arca e ficou horrorizado ao encontrar lá dentro o corpo de um homem que havia sido apunhalado no coração.

Apavorado, saiu às pressas do apartamento e chamou o primeiro policial que viu. Verificou-se que o homem morto era o sr. Clayton. A prisão do major Rich foi decretada em seguida. A defesa do major, ao que parecia, consistia numa resoluta negação de tudo.

Ele não havia visto o sr. Clayton na noite anterior e só tinha tomado conhecimento de sua viagem à Escócia através da sra. Clayton.

Esses eram os aspectos visíveis do caso. Insinuações e sugestões naturalmente abundaram. A amizade e o relacionamento íntimo do major Rich com a sra. Clayton estavam tão evidentes que só um tolo deixaria passar o que estava escrito nas entrelinhas. O motivo do crime era evidente.

Minha longa experiência me ensinara a levar calúnias infundadas em consideração. O motivo sugerido poderia, apesar das evidências, ser inteiramente fantasioso. Alguma razão completamente distinta poderia ter precipitado a ação. Mas uma coisa estava clara: Rich era o assassino.

Como eu estava dizendo, o caso poderia ter sido encerrado ali, se Poirot e eu não tivéssemos comparecido a uma festa oferecida por *Lady* Chatternon naquela noite.

Poirot, embora expressasse desgosto por compromissos sociais e declarasse sua paixão pela solidão, na verdade apreciava muito esses eventos. Ser paparicado e tratado como uma celebridade o agradava imensamente.

Em certas ocasiões, ele chegava mesmo a parecer um gato a ronronar! Já o vi receber os mais exorbitantes elogios e agir como se não houvesse nada mais adequado, pronunciando os comentários mais ostensivamente arrogantes, alguns dos quais não posso sequer registrar.

Às vezes ele discutia comigo sobre o assunto.

– Mas meu amigo, eu não sou anglo-saxão. Por que devo bancar o hipócrita? *Si, si,* é isso que vocês fazem, todos vocês. O piloto que realizou um voo complicado, o tenista campeão, eles olham para baixo e balbuciam inaudivelmente "isso não é nada". Mas eles realmente pensam assim? Nem por um segundo. Eles são capazes de admirar as qualidades de outras pessoas. Logo, sendo eles homens razoáveis, também as admiram em si mesmos. Mas a maneira como foram condicionados os impede de dizê-lo. Eu, eu não sou assim. Os talentos que possuo, eu os saudaria em outro homem. Casualmente, na minha área de atuação, não há ninguém que chegue aos meus pés. *C'est dommage!* Assim, eu admito livremente e sem hipocrisia que sou um grande homem. Possuo a ordem, o método e o conhecimento da psicologia num grau extraordinário. Sou Hercule Poirot! Por que deveria ficar vermelho, gaguejar e murmurar baixinho que na verdade não passo de um tolo? Isso não seria verdade.

– Com certeza há apenas um Hercule Poirot – concordei, não sem uma pitada de malícia que, felizmente, Poirot não detectou.

Lady Chatternon era uma das mais entusiásticas admiradoras de Poirot. Partindo da conduta misteriosa de um pequinês, ele havia desvelado uma série de ligações que levavam a um famoso ladrão e assaltante de casas. Desde então, *Lady* Chatternon o enaltecia fervorosamente.

A visão da figura de Poirot causava grande impacto nas festas. Seus impecáveis trajes de noite, o primoroso ajuste da sua gravata branca, a simetria exata da separação de seu penteado, o lustro de pomada em seu cabelo, e o sinuoso esplendor de seus famosos bigodes – todos esses aspectos combinados para compor a imagem exata de um dândi inveterado. Era difícil, nesses momentos, levar o homenzinho a sério.

Era cerca de onze e meia da noite quando *Lady* Chatternon, abatendo-se sobre nós, tirou Poirot da companhia de um grupo de admiradores e o carregou com ela. Nem preciso dizer que também fui arrastado.

— Quero que o senhor suba até o meu quartinho – disse *Lady* Chatternon sem fôlego logo que saiu do alcance dos ouvidos dos outros convidados. – O senhor sabe onde fica, *Monsieur* Poirot. Lá o senhor encontrará alguém que precisa muito da sua ajuda. E o senhor irá ajudá-la, eu sei. É uma das minhas amigas mais próximas, então, por favor, vá.

Conduzindo-nos de modo enérgico enquanto falava, *Lady* Chatternon abriu bruscamente uma porta, exclamando ao fazê-lo:

— Ele está aqui, Marguerita, meu anjo. E ele fará qualquer coisa que você pedir. O senhor *ajudará* a senhora Clayton, não é *Monsieur* Poirot?

Dando a resposta como certa, ela se retirou com a mesma energia que caracterizava todos os seus movimentos.

A sra. Clayton estava sentada numa cadeira perto da janela. Ela se levantou e veio em nossa direção. O preto do vestido de seu luto fechado ressaltava-lhe a brancura da pele. Era uma mulher particularmente adorável, e havia nela uma candura infantil que tornava seu charme irresistível.

— Alice Chatternon é tão amável – ela disse. – Ela planejou isso. Disse que o senhor me ajudaria, *Monsieur* Poirot. Claro, eu não sei se o senhor poderá me ajudar, mas eu espero que sim.

Ela havia estendido a mão e Poirot a tomou. Ele segurou a mão por um instante enquanto a mulher examinava de perto. Não havia nada vulgar na maneira como o fazia. Era mais como o olhar gentil, ainda que perscrutador, que um bom médico dirige a um novo paciente, assim que é conduzido à sua presença.

— A senhora tem certeza, madame, de que eu posso ajudá-la?

— Alice afirma que sim.

— Sim, mas eu estou perguntando para a senhora.

Um leve rubor coloriu suas faces.

— Não sei o que o senhor quer dizer com isso.

— O que, madame, a senhora deseja que eu faça?

— O senhor... o senhor sabe quem eu sou?

— Com certeza.

— Então o senhor pode imaginar o que eu estou lhe pedindo para fazer. *Monsieur* Poirot, capitão Hastings – fiquei satisfeito com o fato de ela saber quem eu era –, o major Rich *não* matou o meu marido.

— Por que não?

— Como disse?

Poirot sorriu diante do seu leve desconforto.

— Eu disse, por que não? – ele repetiu.

— Acho que não estou entendendo.

— Todavia é muito simples. A polícia, os advogados, eles irão fazer a mesma pergunta: por que o major Rich matou *Monsieur* Clayton? Eu pergunto o oposto. Eu pergunto à senhora, madame, por que o major Rich *não* matou o senhor Clayton.

— O senhor quer dizer, por que eu tenho tanta certeza? Ora, porque eu *sei*. Eu conheço o major Rich muito bem.

— A senhora conhece o major Rich muito bem – repetiu Poirot num tom de voz inexpressivo.

O rubor incendiou as suas faces.

— Sim, isso é o que eles dirão, o que pensarão, eu sei!

— *C'est vrai.* É sobre isso que eles vão lhe perguntar, até que ponto a senhora conhecia o major Rich. Talvez a senhora fale a verdade, talvez a senhora minta. A mentira é imprescindível para uma mulher, é uma excelente arma. Mas há três pessoas, madame, para as quais uma mulher deve dizer a verdade. Para o seu padre confessor, para o seu cabeleireiro e para o seu detetive particular, se ela confiar nele. A senhora confia em mim, madame?

Marguerita Clayton respirou profundamente.

— Sim — ela disse —, confio. Não tenho outra opção — ela acrescentou de maneira bastante infantil.

— Então, até que ponto a senhora conhecia o major Rich?

Ela o olhou por um momento em silêncio e em seguida ergueu o queixo audaciosamente.

— Vou responder à sua pergunta. Eu amei Jack desde o primeiro momento que o vi, há dois anos. Nos últimos tempos, acho que ele também começou a corresponder a esse amor, embora nunca tenha me dito isso.

— *Épatant!* — disse Poirot. — A senhora me poupou uns bons quinze minutos indo direto ao ponto, sem fazer rodeios. A senhora tem bom-senso. E o seu marido, ele suspeitava desses sentimentos?

— Não sei — disse Marguerita pausadamente. — Depois de um tempo, comecei a desconfiar que soubesse. Ele passou a se portar de maneira diferente... mas isso pode ter sido coisa da minha cabeça.

— Ninguém mais sabia?

— Acho que não.

— E... perdoe-me, madame, mas a senhora não amava o seu marido?

Existem, a meu ver, pouquíssimas mulheres que teriam respondido àquela pergunta de maneira tão simples quanto esta mulher o fez. Outras teriam tentado explicar seus sentimentos.

Marguerita Clayton simplesmente disse:

— Não.

— *Bien.* Agora sabemos onde estamos. De acordo com a senhora, madame, o major Rich não matou seu marido, mas a senhora percebe que todas as evidências apontam para o sentido contrário. A senhora está ciente, intimamente, de alguma falha nas evidências?

— Não. Eu não sei de nada.

— Quando foi a primeira vez que o seu marido lhe informou sobre a viagem que ele faria à Escócia?

— Logo depois do almoço. Ele me disse que era uma maçada, mas que teria que ir. Disse se tratar de alguma coisa relacionada com valores de terras.

— E depois disso?

— Ele saiu, foi para o clube, eu acho. Eu... eu não voltei a vê-lo.

— Agora quanto ao major Rich, como ele se comportou naquela noite? Como de costume?

— Acho que sim.

— A senhora não tem certeza?

Marguerita enrugou a testa.

— Ele estava um pouco contido. Comigo, não com os outros. Mas achei que sabia o porquê. O senhor entende? Eu tinha certeza de que a reserva ou, melhor dizendo, a desatenção, não tinha nada a ver com Edward. Ele ficou surpreso ao ouvir que Edward havia ido para a Escócia, mas não de maneira exagerada.

— E não lhe ocorre mais nenhum detalhe incomum relacionado com aquela noite?

Marguerita refletiu.

— Não, mais nada.

— A senhora reparou na arca?

Ela balançou a cabeça com um pequeno tremor.

— Eu sequer me lembro dela, ou com o que se parecia. Nós jogamos pôquer a maior parte da noite.

— Quem ganhou?

— O major Rich. Eu estava sem sorte, e o major Curtiss também. O sr. e a sra. Spence ganharam um pouco, mas o major Rich foi o principal vencedor.

— A que horas a festa acabou?

— Cerca de meia noite e meia, eu acho. Saímos todos juntos.

— Ah!

Poirot ficou em silêncio, absorto em seus pensamentos.

– Eu gostaria de poder ser mais útil ao senhor – disse a sra. Clayton. – Parece que tenho tão pouco a lhe contar.

– Sobre o presente, sim. E sobre o passado, madame?

– O passado?

– Sim. Não houve outros incidentes?

Ela ruborizou.

– O senhor se refere àquele tipo atroz que se matou com um tiro? Não foi minha culpa, sr. Poirot, realmente não foi.

– Não era exatamente esse incidente que eu tinha em mente.

– Aquele duelo ridículo? Mas os italianos costumam duelar. Fiquei tão feliz por aquele homem não ter morrido.

– Deve ter sido um alívio para a senhora – disse Poirot gravemente.

Ela o olhava com desconfiança. Ele se levantou e tomou a mão dela na sua.

– Não lutarei um duelo pela senhora, madame – ele disse. – Mas farei o que a senhora me pediu. Descobrirei a verdade. E roguemos para que seus instintos estejam certos, para que a verdade a ajude e não a prejudique.

Nossa primeira entrevista foi com o major Curtiss. Era um homem na casa dos quarenta anos, com porte de soldado, de cabelos muito escuros e rosto bronzeado. Ele conhecia o sr. e a sra. Clayton havia alguns anos, assim como o major Rich. Ele confirmou os relatos da imprensa.

Clayton e ele haviam tomado um drinque juntos no clube pouco antes das sete e meia, e Clayton havia, na ocasião, anunciado sua intenção de fazer uma visita rápida ao major Rich antes de ir para a estação de Euston.

– Qual era o estado de espírito do sr. Clayton? Ele estava deprimido ou alegre?

O major refletiu. Não era um homem muito eloquente.

– Ele me pareceu muito bem-disposto – ele disse finalmente.

– Ele não comentou nada sobre alguma desavença com o major Rich?

– Por Deus, não. Eles eram amigos.

– Ele não se opunha à amizade da mulher dele com o major Rich?

O major ficou com o rosto muito vermelho.

– O senhor andou lendo aqueles malditos jornais, com suas insinuações e mentiras. É claro que ele não se opunha. Ora, ele me disse: "Marguerita vai, é claro".

– Entendo. E durante a noite, o major Rich comportou-se como de costume?

– Não notei nenhuma diferença.

– E a sra. Clayton? Ela também estava agindo normalmente?

– Bem – ele refletiu –, agora pensando bem, ela estava um pouco quieta. O senhor sabe, pensativa e distante.

– Quem chegou primeiro?

– O sr. e a sra. Spence. Eles já estavam lá quando eu cheguei. Na verdade, parei para buscar a sra. Clayton, mas ela já tinha saído. Então eu cheguei lá um pouco atrasado.

– E o que fizeram para se divertir? Dançaram? Jogaram cartas?

– Um pouco de cada. Primeiro dançamos.

– Estavam em cinco?

– Sim, mas isso não foi um problema, porque eu não danço. Coloquei os discos e os outros dançaram.

– Quem dançou com quem?

— Bem, na verdade o sr. e a sra. Spence gostam de dançar juntos. Eles têm uma espécie de fascinação pela função toda, passos ensaiados, coisas do gênero.

— Então a sra. Clayton dançou com o major Rich.

— Exato.

— E depois jogaram pôquer?

— Sim.

— A que horas o senhor foi embora?

— Ah, bem cedo. Pouco depois da meia-noite.

— Foram todos juntos?

— Sim. Para falar a verdade, dividimos um táxi. Deixamos a sra. Clayton primeiro, depois eu, e então o sr. e a sra. Spence continuaram até Kensington.

A nossa próxima visita foi ao sr. e à sra. Spence. Apenas a sra. Spence estava em casa, mas a sua descrição da noite estava de acordo com a do major Curtiss, excetuando o fato de que demonstrou certa acidez em relação à sorte do major Rich no jogo de cartas.

Naquela manhã, mais cedo, Poirot tivera uma conversa telefônica com o inspetor Japp da Scotland Yard. Como resultado, chegamos ao apartamento do major Rich e encontramos o seu criado, Burgoyne, nos esperando.

O testemunho de Burgoyne foi muito claro e preciso.

O sr. Clayton havia chegado vinte minutos antes das oito horas. Infelizmente o major Rich tinha acabado de sair. O sr. Clayton havia dito que não poderia esperar, porque tinha que pegar o trem, mas iria entrar rapidamente para escrever um bilhete. Ele foi até a sala de estar para fazê-lo. Burgoyne não tinha ouvido seu patrão chegar, pois estava preparando o banho, e o major Rich, naturalmente, entrou no apartamento usando a própria chave. Segundo seu parecer, mais ou menos dez minutos depois, o major Rich o chamou e o mandou sair para comprar cigarros. Não, ele não havia entrado na sala de estar. O major Rich estava parado junto à porta. Ele havia retornado com os cigarros cinco minutos depois e desta vez entrara na sala de estar, que então estava vazia, excetuando-se seu patrão, que fumava perto da janela. Este havia perguntado se o banho estava pronto e, ao ser informado positivamente, dirigiu-se ao banheiro. Ele, Burgoyne, não mencionara o sr. Clayton, pois havia suposto que o seu patrão o tinha encontrado por ali, levando-o ele mesmo até a porta. O comportamento do seu patrão havia sido exatamente o mesmo que de costume. Ele havia tomado o seu banho, se vestido e, pouco depois, o sr. e a sra. Spence haviam chegado, seguidos pelo major Curtiss e pela sra. Clayton.

Não ocorrera a ele, Burgoyne explicou, que o sr. Clayton pudesse ter partido antes que o seu patrão tivesse chegado. Para que isso fosse possível, o sr. Clayton teria que ter batido a porta da frente atrás de si, barulho que o serviçal com certeza teria ouvido.

Adotando a mesma maneira impessoal, Burgoyne avançou sua narrativa para o momento em que encontrou o corpo. Pela primeira vez, minha atenção se dirigiu para a sinistra arca. Era um grande objeto encostado na parede ao lado do móvel da vitrola. Era feito de alguma madeira escura e marchetada. A tampa se abria muito facilmente. Eu olhei para dentro da arca e me arrepiei. Embora estivesse bem limpa, algumas manchas sinistras restavam.

De repente, Poirot exclamou:

— Aqueles furos ali, eles são estranhos. Alguém poderia dizer que eles foram recém-feitos.

Os furos em questão ficavam na parte de trás da arca, contra a parede. Havia três ou quatro. Eles tinham menos de um centímetro de diâmetro e pareciam ter sido feitos recentemente.

Poirot se curvou para examiná-los, olhando de modo inquiridor para o empregado.

— É de fato curioso, senhor. Não me lembro de jamais ter visto estes furos antes, embora talvez eu não os tivesse notado.

— Não tem importância – disse Poirot.

Fechando a tampa da arca, ele caminhou para trás até que suas costas encostassem na janela. Então repentinamente ele fez uma pergunta:

— Diga-me – ele disse. – Quando o senhor trouxe os cigarros para o seu patrão naquela noite, havia alguma coisa fora de lugar na sala?

Burgoyne hesitou por um minuto, depois com certa relutância ele respondeu:

— É estranho que o senhor diga isso. Agora que o senhor mencionou, havia sim. Aquele biombo ali, que corta a corrente de ar que vem da porta do quarto, estava um pouco mais para a esquerda.

— Assim?

Poirot lançou-se agilmente para frente e puxou o biombo. Era uma bela peça de couro pintado. O biombo já obstruía levemente a visão da arca, e quando Poirot o ajustou, passou a escondê-la por completo.

— É isso mesmo, senhor – disse o empregado. – Estava bem assim.

— E na manhã seguinte?

— Ainda estava nessa posição. Eu me lembro. Eu o movi de volta ao seu lugar e foi então que avistei a mancha. O tapete está sendo levado, senhor. É por isso que o assoalho está descoberto.

Poirot acenou com a cabeça.

— Muito bem – ele disse. – Eu lhe agradeço.

Ele colocou um pedaço de papel enrugado na mão do empregado.

— Obrigado, senhor.

— Poirot – eu disse quando saímos à rua –, aquele negócio do biombo. Ele depõe a favor de Rich?

— É mais uma coisa que depõe contra ele – disse Poirot tristemente. – O biombo ocultava a arca ao resto do ambiente. Também escondia a mancha no tapete. Mais cedo ou mais tarde o sangue iria empapar a arca e manchar o tapete. O biombo evitaria a descoberta por algum tempo. Sim, mas há alguma coisa aí que eu não estou entendendo. O empregado, Hastings, o empregado.

– O que tem o empregado? Ele me pareceu um sujeito muito inteligente.

– Exatamente, muito inteligente. É possível, então, crer que o major Rich não previsse que o empregado com certeza descobriria o corpo na manhã seguinte? Imediatamente após o crime ele não teve tempo para nada, isso é fato. Ele enfia o corpo na arca, esconde-a com o biombo e passa a noite na expectativa de que nada seja descoberto. Mas e depois que os convidados se foram? Com certeza esta seria a hora de se livrar do corpo.

– Talvez ele esperasse que o empregado não fosse notar a mancha.

– Isso, *mon ami*, é absurdo. Um tapete manchado é a primeira coisa em que um bom serviçal repara. E vejamos o major Rich: vai para a cama e ronca confortavelmente, sem fazer nada sobre a questão. Isso é muito interessante.

– Não é possível que Curtiss tenha visto as manchas quando estava trocando os discos na noite anterior? – eu sugeri.

– Não é muito provável. O biombo lançaria uma sombra justamente sobre aquele espaço. Não, isso não, mas aos poucos começo a ver. Vagamente ainda, mas começo a ver.

– Ver o quê? – eu pergunto ansioso.

– As possibilidades, assim dizendo, de uma explicação alternativa. Nossa próxima visita pode esclarecer algumas coisas.

A visita seguinte foi ao médico que havia examinado o corpo. Seu relato foi uma mera recapitulação do que ele já havia dito no inquérito. A vítima havia sido apunhalada no coração com uma faca longa e fina, algo como um estilete. A faca havia sido deixada na ferida. A morte tinha sido instantânea. A faca pertencia ao major Rich e normalmente ficava sobre a sua escrivaninha. Não havia impressões digitais no objeto. Ele havia sido limpo ou empunhado envolto num lenço. No que diz respeito à hora, pode ter sido em qualquer momento entre as sete e as nove horas da noite.

– Ele não poderia, por exemplo, ter sido morto depois da meia-noite? – perguntou Poirot.

– Não. Isso eu posso afirmar. Dez horas no máximo. Mas é mais provável que tenha ocorrido entre sete e oito e meia.

– *Há* uma segunda hipótese possível – disse Poirot, quando já estávamos em casa. – Estou curioso para saber se você a enxerga, Hastings. Para mim está muito claro, e só preciso de mais um ponto para decifrar este caso de uma vez por todas.

– Não estou vendo – eu disse.

– Ora, faça um esforço, Hastings. Faça um esforço.

– Muito bem – eu disse. – Às sete e quarenta Clayton está vivo e bem-disposto. A última pessoa a vê-lo vivo é o major Rich.

– Assim supomos.

– Bem, isso não está claro?

– Você está esquecendo, *mon ami*, que o major Rich nega esse fato. Ele declara explicitamente que Clayton já havia partido quando ele chegou.

– Mas o empregado afirma que teria escutado alguma coisa se Clayton tivesse saído sozinho, por causa do barulho da porta. E também, se Clayton foi embora, quando ele voltou? Ele não poderia ter voltado depois da meia-noite porque o médico afirma com certeza que ele já estava morto pelo menos duas horas antes disso. Isso nos deixa apenas uma alternativa.

– Sim, *mon ami*.

— Que durante os cinco minutos em que Clayton esteve sozinho na sala de estar, outra pessoa tenha entrado ali e o tenha matado. Mas aí estamos diante do mesmo impasse. Só alguém que estivesse com a chave poderia entrar sem o conhecimento do empregado. E da mesma maneira, ao sair, o assassino teria que ter batido a porta, e isso, mais uma vez, o empregado teria ouvido.

— Exatamente – disse Poirot – E portanto...

— E portanto... nada – eu disse. – Não consigo ver nenhuma outra solução.

— É uma pena – murmurou Poirot. – E é tão extraordinariamente simples. Tão claro quanto os olhos azuis da madame Clayton.

— Você acha mesmo?

— Eu não acho nada, até que eu tenha provas. Uma pequena prova vai me convencer.

Ele pegou o telefone e ligou para Japp na Scotland Yard.

Vinte minutos depois, estávamos diante de um pequeno amontoado de objetos postos sobre uma mesa. Esses eram os pertences que o falecido levava nos bolsos na noite do crime.

Havia um lenço, um punhado de moedas de baixo valor soltas, uma carteira contendo três libras e cinquenta centavos, umas duas notas fiscais e uma fotografia esmaecida de Marguerita Clayton. Também havia um canivete, um lápis dourado e uma estranha ferramenta de madeira.

Foi neste último objeto que Poirot se deteve. Ele o desatarraxou e diversas pequenas pontas se desprenderam dele.

— Você está vendo, Hastings, uma broca e todas as outras chaves. Ah! Seria uma questão de poucos minutos para fazer alguns furos na arca com isto.

— Aqueles furos que você viu?

— Precisamente.

— Você quer dizer que foi Clayton quem os talhou?

— *Mais oui, mais oui!* O que aqueles furos sugeriam a você? Eles não eram feitos para que se pudesse espiar, porque se encontravam na parte de trás da arca. Qual era a finalidade deles então? Para que entrasse ar? Mas ninguém faz furos para um cadáver, então está claro que eles não foram feitos pelo assassino. Eles sugerem apenas uma coisa, que um homem *iria* se esconder dentro da arca. E imediatamente, seguindo essa hipótese, as coisas se tornam inteligíveis. O sr. Clayton está com ciúmes de sua mulher com Rich. Ele aplica o velho truque de fingir que vai viajar. Ele vê Rich saindo, e então entra no apartamento, aproveita a oportunidade de estar sozinho para escrever o bilhete e rapidamente talha esses furos, escondendo-se dentro da arca. Sua mulher irá até lá naquela noite. Possivelmente Rich se livrará dos outros, possivelmente ela ficará lá depois que os outros forem embora, ou fingirá partir para depois retornar. O que quer que aconteça, ele *saberá*. Qualquer coisa é preferível ao terrível tormento da suspeita que ele carrega.

— Então você está dizendo que Rich o matou *depois* que os outros haviam partido? Mas o médico disse que isso seria impossível.

— Exatamente. Então você vê Hastings, ele deve ter sido morto *durante* a festa.

— Mas todos estavam na sala!

— Precisamente — disse Poirot gravemente. — Você vê a beleza disso? "Todos estavam na sala." Que grande álibi! Que *sang-froid*, que ousadia, que audácia!

— Eu ainda não entendo.

— Quem foi atrás daquele biombo para fazer funcionar a vitrola e trocar os discos? A vitrola e a arca estavam lado a lado, você lembra? Os outros estão dançando, a vitrola está tocando. E o homem que não dança levanta a tampa da arca e crava a faca que ele tinha recém-escondido em sua manga no corpo do homem que estava escondido lá dentro.

– Impossível! O homem iria gritar.

– Não se ele houvesse sido dopado primeiro.

– Dopado?

– Sim. Com quem Clayton tomou um drinque às sete e meia? Ah! Agora você vê. Curtiss! Curtiss havia inflamado a mente de Clayton com suspeitas contra a sua mulher e Rich. Curtiss sugeriu este plano. A visita à Escócia, o esconderijo na arca, o toque final de mover o biombo. Não para que Clayton pudesse levantar de leve a tampa por alguns instantes para se aliviar, e sim para que ele, Curtiss, pudesse levantar aquela tampa sem ser visto. O plano é de Curtiss, e observe a beleza dele, Hastings. Se Rich tivesse percebido que o biombo estava fora de lugar e o tivesse colocado de volta, bem, nenhum mal haveria sido feito. Bastaria bolar outro plano. Mas Clayton se esconde na arca, o leve narcótico que Curtiss havia ministrado faz efeito. Ele desfalece. Curtiss levanta a tampa e o golpeia, e a vitrola segue tocando *Walking my baby back home*.

Eu me pego dizendo:

– Mas por quê? Por quê?

– Por que um homem se suicidou? Por que dois italianos travaram um duelo? Curtiss é um homem de temperamento sombrio e ardente. Ele queria Marguerita Clayton. Com o marido e Rich fora do caminho, ela iria, assim ele pensava, se voltar para ele.

E acrescentou reflexivamente:

– Essas mulheres simples e de jeito infantil... elas são muito perigosas. Mas *mon Dieu!* Que obra-prima! Me toca o coração desmascarar um homem como esse. Eu posso ser um gênio, mas também sou capaz de reconhecer a genialidade em outras pessoas. Um crime perfeito, *mon ami*. Eu, Hercule Poirot, estou lhe dizendo. Um crime perfeito. *Épatant!*

ONDE HÁ UM TESTAMENTO

– Antes de mais nada, evite aborrecimentos e excitações – disse o doutor Meynell, com a afetação natural apresentada pelos médicos.

A sra. Harter, como costuma ser o caso de pessoas que ouvem tais palavras amenas, porém insignificantes, pareceu mais hesitante do que aliviada.

– Há certa fraqueza cardíaca – continuou o médico de modo fluente –, mas não há nada com o que se alarmar. Posso lhe garantir. Segue tudo igual – ele acrescentou –, mas seria bom mandar instalar um elevador. Hein? O que lhe parece?

A sra. Harter parecia preocupada.

O doutor Meynell, ao contrário, parecia satisfeito consigo mesmo. A razão pela qual ele preferia visitar os clientes ricos aos pobres era que com os ricos podia exercitar sua irrequieta imaginação nas prescrições dos cuidados.

– Sim, um elevador – disse o doutor Meynell, tentando pensar em algo ainda mais extravagante, mas sem sucesso. – E devemos evitar qualquer esforço desnecessário. Exercite-se em áreas planas, diariamente, aproveitando um dia bonito, mas evite subir montanhas. E, sobretudo, muita distração para a mente. Não pense muito em sua saúde.

Para o sobrinho da velha senhora, Charles Ridgeway, o médico foi um pouco mais explícito.

— Não me entenda mal – ele disse. – Sua tia pode viver ainda muitos anos, provavelmente viverá. Ao mesmo tempo, um choque ou esforço exagerado podem levá-la assim! – Ele estalou os dedos. – Ela precisa levar uma vida muito tranquila. Nada de esforço. Nada de cansaço. Mas, é claro, não se pode permitir também que fique deprimida. Ela deve se manter animada e com a mente bem ocupada.

— Ocupada – disse Charles Ridgeway ponderativo.

Charles era um jovem pensativo. Era também um homem que acreditava em cumprir suas intenções sempre que possível.

Naquela noite, sugeriu a instalação de um aparelho de rádio.

A sra. Harter, já seriamente contrariada com a ideia do elevador, ficou perturbada e em desacordo. Charles foi persuasivo.

— Não sei se me agradam essas coisas extravagantes – disse a sra. Harter, num tom de lamento. – As ondas, você sabe... as ondas elétricas. Elas podem me afetar.

Charles, de uma maneira gentil e superior, mostrou que não havia qualquer fundamento nessa ideia.

A sra. Harter, cujo conhecimento do assunto era bastante vago, estava obstinada em sua opinião.

— Toda essa eletricidade – ela murmurou timidamente. – Você pode dizer o que quiser, Charles, mas algumas pessoas são afetadas pela eletricidade. Eu sempre sinto uma dor de cabeça horrível antes de uma tempestade. Eu sei disso.

Ela sacudiu sua cabeça triunfantemente.

Charles era um jovem paciente. Ele também era persistente.

— Minha querida tia Mary – ele disse –, deixe-me esclarecer as coisas para a senhora.

Ele era uma espécie de autoridade no assunto. Deu uma palestra e tanto sobre o tema; entusiasmando-se com sua tarefa, falou de tubos de emissor brilhante, de tubos de emissão débil, de alta e baixa frequências, de amplificação e de condensadores.

A sra. Harter, submersa num mar de palavras que não compreendia, se rendeu.

– Claro, Charles – ela murmurou –, se você acha mesmo...

– Minha querida tia Mary – disse Charles entusiasmado –, é a melhor coisa para a senhora, para que não fique melancólica ou algo assim.

O elevador recomendado pelo doutor Meynell foi instalado pouco tempo depois, e isso quase causou a morte da sra. Harter, pois, como muitas outras senhoras de idade, ela tinha uma forte objeção a homens estranhos em sua casa. Ela suspeitava que todos estavam de olho em sua prataria antiga.

Depois do elevador chegou o rádio. A sra. Harter foi deixada a contemplar o que, para ela, era um objeto repulsivo: uma grande caixa de aparência tosca, crivada de botões.

Foi preciso todo o entusiasmo de Charles para conciliá-la com o aparelho, mas ele estava em seu próprio terreno, girando botões e discursando eloquentemente.

A sra. Harter sentou-se em sua poltrona, paciente e cortês, absolutamente certa de que aqueles aviamentos modernos não passavam do mais completo aborrecimento.

– Ouça, tia Mary, nós estamos em Berlim! Isso não é esplêndido? A senhora está ouvindo o homem?

– Eu não ouço nada a não ser um bocado de zunidos e chiados – disse a sra. Harter.

Charles continuou a girar os botões.

– Bruxelas – ele anunciou com entusiasmo.

– Ah, é? – disse a sra. Harter, com o mais leve resquício de interesse.

Charles mais uma vez girou os botões e um uivo aterrador ecoou quarto adentro.

– Agora parecemos estar dentro da casinha do cachorro – disse a sra. Harter, que era uma velhinha dotada de certa presença de espírito.

– Ha-ha! – disse Charles, a senhora não abre mão de uma piada, não é, tia Mary? Muito bem!

A sra. Harter não se conteve e sorriu para ele. Ela gostava muito de Charles. Durante alguns anos uma sobrinha, Miriam Harter, havia morado com ela. Ela pretendia fazer da menina sua herdeira, mas Miriam havia fracassado. Ela era impaciente e se mostrava claramente entediada com a vida social de sua tia. Estava sempre fora de casa, "vagando" como dizia a sra. Harter. Acabou se envolvendo com um jovem, que sua tia desaprovava completamente. Miriam tinha sido mandada de volta para a mãe com um curto bilhete, como uma mercadoria devolvida. Ela acabou se casando com o jovem em questão, e a sra. Harter tinha por costume lhe mandar uma caixa de lenços ou um arranjo de centro de mesa no Natal.

Tendo achado decepcionante investir em sobrinhas, a sra. Harter passou a se concentrar em sobrinhos. Charles, desde o início, tinha sido um sucesso absoluto. Mostrava-se sempre agradavelmente respeitoso em relação à tia e escutava com uma aparência de intenso interesse as reminiscências de sua juventude. Nesse aspecto ele representava um contraste em relação a Miriam, que ficava claramente entediada e não deixava de demonstrá-lo. Charles nunca se aborrecia; estava sempre de bom humor, sempre alegre. Dizia à tia várias vezes ao dia que ela era uma senhora encantadora.

Imensamente satisfeita com a sua nova aquisição, a sra. Harter havia escrito para seu advogado a fim de lhe passar as instruções para a elaboração de um novo testamento. Este lhe foi enviado e, depois de devidamente aprovado por ela, assinado.

E agora mesmo na questão do rádio, Charles logo provou ter acertado mais uma vez.

A sra. Harter, a princípio hostil, passou a ser tolerante e finalmente ficou fascinada. Ela apreciava o aparelho ainda mais quando Charles não estava em casa. O problema de Charles é que ele não dava sossego ao equipamento. A sra. Harter ficava confortavelmente sentada em sua poltrona escutando um concerto sinfônico, ou uma palestra sobre Lucrécia Bórgia ou sobre a vida marinha, bastante satisfeita e em paz com o mundo. Charles era diferente. A harmonia era rompida por altos sons dissonantes nas suas tentativas entusiasmadas de sintonizar estações estrangeiras. Mas naquelas noites em que Charles estava jantando fora com amigos, a sra. Harter deleitava-se muito com o rádio. Ela o ligava, sentava-se na sua poltrona e escutava o programa da noite.

Foi cerca de três meses depois que o rádio fora instalado que se deu o primeiro acontecimento sinistro. Charles estava ausente, numa mesa de *bridge*.

O programa da noite era um concerto de baladas. Uma soprano muito conhecida estava cantando *Annie Laurie* e, no meio de *Annie Laurie*, uma coisa estranha aconteceu. Houve uma pausa repentina, a música parou por um momento, os ruídos e batidas continuaram, e depois também se extinguiram. Tudo ficou silencioso, e depois um ruído baixo, muito fraco, pôde ser ouvido.

A sra. Harter teve a impressão, embora não tivesse certeza, de que a máquina havia sintonizado uma estação de um lugar muito distante, e então, clara e articuladamente, uma voz falou, a voz de um homem com um leve sotaque irlandês.

– *Mary... Você está me ouvindo, Mary? É o Patrick quem está falando... Em breve irei buscá-la. Você estará pronta, não é, Mary?*

Então, quase que imediatamente, a melodia de *Annie Laurie* voltou a encher a peça.

A sra. Harter sentou-se dura em sua poltrona, as mãos agarradas aos braços do móvel. Estaria sonhando?

Patrick! A voz de Patrick! A voz de Patrick nesta sala, falando com ela. Não, deve ser um sonho, uma alucinação talvez. Ela deve ter caído no sono por um ou dois minutos. Uma coisa curiosa para se sonhar, que a voz do seu falecido marido havia falado com ela do além. Ficou um pouco assustada. Quais eram as palavras que ele havia dito?

Em breve irei buscá-la. Você estará pronta, não é, Mary?

Poderia ser uma premonição? Fraqueza cardíaca. O coração. Afinal, ela estava ficando velha.

– É um aviso, isso sim – disse a sra. Harter, levantando-se devagar e penosamente da sua poltrona, e adicionou de modo característico, "Todo aquele dinheiro desperdiçado para colocar um elevador!"

Ela não contou nada a ninguém sobre o acontecido, mas durante os dois dias que se seguiram ela parecia pensativa e preocupada.

E então se deu o segundo episódio. Mais uma vez ela estava sozinha na sala. O rádio, que tocava uma seleção de músicas orquestrais, apagou-se tão repentinamente quanto da outra vez. Mais uma vez se deu o silêncio, a impressão de distância, e por fim a voz de Patrick, não como quando era vivo, mas uma voz rarefeita, distante, com uma estranha qualidade sobrenatural.

– *Aqui é o Patrick falando com você, Mary. Eu irei buscá-la muito em breve...*

Depois as batidas, os zumbidos e as músicas orquestrais estavam a todo vapor novamente.

A sra. Harter olhou o relógio. Não, ela não tinha dormido desta vez. Acordada e em total posse de suas faculdades mentais, ela tinha ouvido a voz de Patrick. Não tinha sido uma alucinação, estava certa disso. De maneira confusa, tentou refletir sobre tudo o que Charles havia explicado a ela sobre a teoria das ondas no ar.

Seria possível que Patrick houvesse falado com ela? Que sua voz tivesse sido carregada através do espaço?

Havia ondas faltando ou algo do gênero. Ela se lembrou de Charles falando sobre "lacunas na escala". Talvez as ondas que estivessem faltando pudessem explicar o suposto fenômeno psicológico. Não, não havia nada essencialmente impossível na ideia. Patrick havia falado com ela. Ele tinha se beneficiado da ciência moderna para prepará-la para o que viria em breve.

A sra. Harter tocou a campainha para chamar sua criada, Elizabeth.

Elizabeth era uma mulher alta e magra, na casa dos sessenta anos. Debaixo do exterior rígido ela ocultava uma grande afeição e ternura por sua senhora.

– Elizabeth – disse a sra. Harter quando sua fiel serviçal apareceu –, você está lembrada do que lhe contei? A primeira gaveta à esquerda da minha escrivaninha. Está trancada: a chave longa com a etiqueta branca. Está tudo pronto ali dentro.

– Pronto, madame?

– Para o meu enterro – disse furiosamente a sra. Harter. – Você sabe muito bem do que estou falando, Elizabeth. Você mesma me ajudou a colocar as coisas lá.

O rosto de Elizabeth começou a se mover de maneira estranha.

– Oh, madame – ela choramingou –, não insista nessas coisas. Eu pensei que a senhora estava melhorando.

– Todos nós temos que ir uma hora ou outra – disse a sra. Harter de modo prático. – Já vivi além da conta, Elizabeth. Pronto, pronto, você está parecendo uma boba. Se tiver que chorar, faça isso em outro lugar.

Elizabeth se retirou, ainda fungando.

A sra. Harter olhou-a partir com uma boa dose de afeição.

– Velha tola, mas fiel – ela disse –, muito fiel. Deixe-me ver, foram cem libras que lhe deixei, ou apenas cinquenta? Tem que ser cem.

A questão preocupou a velha senhora e no dia seguinte ela se sentou e escreveu ao advogado perguntando se ele podia mandar o testamento, para ela dar uma olhada. Foi naquele mesmo dia que Charles a surpreendeu com algo dito durante o almoço.

– Por falar nisso, tia Mary, quem é aquele velho bronco no quarto de hóspedes? Quer dizer, no retrato sobre a lareira. O velho com o chapéu de pele de castor e costeletas?

A sra. Harter olhou para ele austera.

– Aquele é o seu tio Patrick quando jovem – ela disse.

– Oh, tia Mary, sinto muitíssimo. Eu não queria ser grosseiro.

A sra. Harter aceitou as desculpas com um digno aceno de cabeça.

Charles continuou um tanto indeciso:

– Eu estava apenas me perguntando. A senhora vê...

Ele parou indeciso e a sra. Harter disse severamente:

– E então? O que você ia dizer?

– Nada – disse Charles apressadamente. – Nada que faça sentido, quero dizer.

A velha senhora não disse mais nada, mas mais tarde naquele mesmo dia, quando estavam a sós, ela voltou ao assunto.

– Eu gostaria que você me dissesse, Charles, o que lhe fez indagar sobre a foto do seu tio.

– Eu disse à senhora, tia Mary. Foi apenas uma bobagem minha, algo totalmente sem propósito.

– Charles – disse a sra. Harter, na sua voz mais despótica –, insisto em saber.

– Bem, minha querida tia, se a senhora quer mesmo saber, eu tive a impressão de tê-lo visto, o homem do retrato, quero dizer, olhando através da janela dos fundos quando eu estava subindo pela passagem ontem à noite. Algum efeito de luz, suponho eu. Fiquei imaginando quem diabos poderia ser, o rosto tão vitoriano, se é que a senhora me entende. E então Elizabeth disse que não havia ninguém, nenhum visitante ou estranho na casa, e mais tarde da noite eu fui por acaso ao quarto de hóspedes e a pintura estava lá sobre a lareira. O homem que eu havia visto, ali! É fácil de explicar, de fato, eu espero. Subconsciente ou algo do gênero. Devo ter visto o retrato antes sem me dar conta que o tinha visto, apenas imaginando depois o rosto na janela.

– A janela dos fundos? – disse a sra. Harter avidamente.
– Sim, por quê?
– Nada – disse a sra. Harter.

Mas ela ficou sobressaltada mais uma vez. O aposento havia sido o *closet* do seu marido.

Naquela mesma noite, estando Charles ausente mais uma vez, a sra. Harter ficou sentada ouvindo rádio com uma febril impaciência. Se pela terceira vez ela ouvisse a voz misteriosa, seria a prova, final e definitiva, de que ela estava de fato se comunicando com algum outro mundo.

Embora seu coração batesse mais rápido, ela não ficou surpresa quando a mesma pausa ocorreu, e, depois do costumeiro intervalo de silêncio sepulcral, a apagada e distante voz irlandesa falou mais uma vez.

– *Mary – você está preparada agora... Na sexta-feira virei buscá-la... Sexta-feira às nove e meia... Não tenha medo: você não sentirá dor... Esteja preparada...*

Então, quase cortando a última palavra, a música da orquestra invadiu a sala novamente, barulhenta e dissonante.

A sra. Harter permaneceu sentada e imóvel por um ou dois minutos. Seu rosto havia empalidecido e seus lábios estavam azulados e aflitos.

Dentro de poucos instantes ela se levantou da poltrona e se sentou na sua escrivaninha. Com a mão um tanto trêmula, escreveu as linhas que seguem:

> Hoje à noite, às nove e quinze, ouvi claramente a voz do meu falecido marido. Ele disse que viria me buscar na sexta-feira à noite, às nove e meia. Se eu morrer

neste dia e nesta hora, gostaria que esses fatos fossem divulgados a fim de provar de modo irrefutável a possibilidade de comunicação com o mundo espiritual.

MARY HARTER

A sra. Harter releu o que havia escrito, fechou o bilhete num envelope e endereçou-o. Então tocou a campainha, que foi prontamente atendida por Elizabeth. A sra. Harter levantou-se da escrivaninha e entregou o bilhete que acabara de escrever à velha criada.

– Elizabeth – ela disse –, se eu morrer na sexta à noite gostaria que este bilhete fosse entregue ao doutor Meynell. Não – como Elizabeth parecia prestes a protestar –, não discuta comigo. Você me disse várias vezes que acredita em premonições. Estou tendo uma premonição agora. Tem mais uma coisa. Eu tinha deixado para você no meu testamento cinquenta libras. Gostaria que você ficasse com cem. Se não puder eu mesma ir ao banco antes da minha morte, o sr. Charles cuidará disso.

Como da outra vez, a sra. Harter cortou os protestos chorosos de Elizabeth. Em cumprimento à sua determinação a velha senhora falou com o seu sobrinho sobre o assunto na manhã seguinte.

– Lembre-se, Charles, que se alguma coisa me acontecer, Elizabeth deve receber cinquenta libras a mais.

– A senhora anda muito deprimida, tia Mary – disse Charles alegremente. – O que vai lhe acontecer? De acordo com o doutor Meynell, estaremos celebrando seu centésimo aniversário daqui a vinte anos.

A sra. Harter sorriu afetuosamente para ele, mas não respondeu. Depois de uns minutos, disse:

– O que você vai fazer na sexta-feira à noite, Charles?

Ele pareceu um pouco surpreso.

– Para falar a verdade, os Ewings me convidaram para uma mesa de *bridge*, mas se a senhora preferir que eu fique em casa...

– Não – disse a sra. Harter com determinação. – De jeito nenhum, Charles. Nessa noite em especial eu prefiro estar sozinha.

Charles olhou para ela curioso, mas a sra. Harter não concedeu mais nenhuma informação. Era uma senhora determinada e corajosa. Sentia que precisava passar por aquela estranha experiência sozinha.

A noite de sexta-feira encontrou a casa muito silenciosa. A sra. Harter sentou-se como de costume em sua poltrona em frente à lareira. Todos os preparativos estavam feitos. Naquela manhã ela havia ido ao banco e retirado cinquenta libras em dinheiro, entregando-as a Elizabeth, a despeito dos protestos chorosos da última. Ela havia classificado e arrumado todos os seus pertences e etiquetado algumas joias com nomes de amigos e parentes. Também havia escrito uma lista de instruções para Charles. O aparelho de chá de Worcester era para ser entregue à prima Emma, as jarras de Sèvres para o jovem William, e assim por diante.

Agora olhava para o longo envelope que tinha em suas mãos e retirou dele um documento dobrado. Este era o seu testamento enviado a ela pelo sr. Hopkinson, de acordo com as suas instruções. Já o havia lido cuidadosamente, mas agora o revisava mais uma vez para refrescar sua memória. Era um documento curto, conciso. Um legado de cinquenta libras para Elizabeth em consideração aos seus fiéis serviços. Dois de quinhentas libras, um para a irmã e outro para um primo-irmão; e o restante para o seu amado sobrinho Charles Ridgeway.

A sra. Harter sacudiu a cabeça várias vezes. Charles seria um homem muito rico quando ela morresse. Bem, ele havia sido muito bom pra ela. Sempre benévolo, sempre afetuoso, e com uma alegria que nunca falhava em agradá-la.

Olhou o relógio. Três minutos para completar a meia hora que faltava. Bem, ela estava pronta. E estava calma

– bastante calma. Mesmo tendo repetido essas últimas palavras diversas vezes, seu coração batia de uma forma estranha e irregular. Ela quase não se dava conta, mas estava se encaminhando para um complicado estado de nervos.

Nove e meia. O rádio estava ligado. O que ela escutaria? Uma voz familiar anunciando a previsão do tempo ou aquela voz distante que pertencia a um homem que havia morrido 25 anos atrás?

Mas não ouviu nem um nem outro. Em vez disso veio um som familiar, um som que ela conhecia bem, mas que essa noite a fazia sentir como se uma mão gelada estivesse pousada sobre seu coração. Um barulho na porta da frente...

Novamente o barulho se fez ouvir. E um sopro gelado pareceu varrer todo o ambiente. A sra. Harter já não tinha nenhuma dúvida do que eram aquelas suas sensações. Estava com medo... Estava mais do que com medo – estava apavorada...

E de repente lhe veio à mente o seguinte pensamento: *"Vinte e cinco anos é muito tempo. Patrick é um estranho para mim agora."*

Terror! Era isso o que a estava invadindo.

Um leve passo do lado de fora da porta – um leve e hesitante passo. A porta se abriu silenciosamente...

Os pés da sra. Harter vacilaram, oscilando de leve de um lado para o outro, os olhos fixos na porta aberta. Algo escorregou dos seus dedos para dentro da lareira.

Ela deu um grito abafado que morreu em sua garganta. Na fraca luz da porta de entrada, estava uma figura familiar, com uma barba castanha, bigodes e um antiquado casaco vitoriano.

Patrick tinha vindo buscá-la!

Seu coração bateu uma vez com força e terror e depois parou. Ela escorregou para o chão, dobrando-se sobre si mesma.

Ali Elizabeth a encontrou, uma hora depois.

O doutor Meynell foi chamado imediatamente e Charles Ridgeway foi retirado às pressas de seu jogo de *bridge*. Mas nada podia ser feito. A sra. Harter estava fora do alcance da medicina.

Dois dias depois, Elizabeth lembrou-se do bilhete que sua senhora havia lhe dado. O doutor Meynell o leu com grande interesse e mostrou-o a Charles Ridgeway.

– Uma coincidência muito curiosa – ele disse. – Está claro que sua tia andava tendo alucinações com a voz de seu falecido marido. Ela deve ter se inquietado a tal ponto que a excitação foi fatal, e quando a hora finalmente chegou, ela morreu em função do choque.

– Autossugestão? – perguntou Charles.

– Algo do tipo. Eu o informarei sobre o resultado da autópsia o mais breve possível, embora eu pessoalmente não tenha nenhuma dúvida. Nessas circunstâncias uma autópsia é desejável, mas não passa de mera formalidade.

Charles, compreensivo, acenou com a cabeça.

Na noite anterior, quando os moradores da casa já estavam na cama, ele tinha removido um fio que corria da parte de trás do rádio até o seu quarto, no andar de cima. Além disso, como a noite havia sido fria, ele pedira a Elizabeth para acender a lareira no seu quarto, e no fogo ele queimou uma barba castanha e bigodes. Algumas roupas vitorianas pertencentes ao seu falecido tio foram devolvidas ao baú com cheiro de cânfora no sótão.

Até onde podia imaginar, estava perfeitamente seguro. Seu plano, o sombrio esboço que começara a se formar em sua mente quando o doutor Meynell lhe disse que sua tia poderia viver por muitos anos se recebesse os devidos cuidados, havia sido um sucesso admirável. Um choque súbito, o doutor Meynell havia dito. Charles, aquele jovem afável, querido das velhinhas, sorriu para si mesmo.

Quando o médico partiu, Charles cuidou de seus afazeres mecanicamente. Certos arranjos para o funeral tinham de ser definitivamente resolvidos. Parentes vindos de longe precisavam que alguém providenciasse para eles os respectivos trens. Um ou dois deles teriam que passar a noite por ali. Charles cuidou de tudo eficiente e metodicamente, acompanhando a corrente de seus próprios pensamentos.

Um duríssimo golpe nos negócios! Esse era o seu fardo. Ninguém, ainda menos sua falecida tia, sabia da situação periclitante em que Charles se encontrava. Suas atividades, cuidadosamente ocultadas do mundo, tinham-no levado para onde a sombra de uma prisão já se anunciava.

A exposição e a ruína o encarariam de frente se ele não pudesse, em poucos meses, levantar uma considerável quantia de dinheiro. Bem – isso agora estava resolvido. Charles sorriu para si mesmo. Graças a um truque, a uma encenação – e não havia nada de criminoso nisso –, ele estava salvo. Era agora um homem muito rico. Não tinha nenhuma dúvida sobre isso, pois a sra. Harter nunca havia escondido suas intenções.

Em oportuna harmonia com esses pensamentos, Elizabeth chegou perto da porta e anunciou a Charles que o sr. Hopkinson estava ali e que gostaria de vê-lo.

Já estava na hora mesmo, pensou Charles. Reprimindo uma tendência a assobiar, compôs em seu rosto uma adequada gravidade e foi até a biblioteca. Lá ele cumprimentou o velho e formal cavalheiro que, por mais de um quarto de século, havia sido o conselheiro legal da falecida sra. Harter.

O advogado se sentou ao convite de Charles e com uma breve tosse seca começou a tratar de negócios.

– Não entendi muito bem a carta que o senhor me enviou, sr. Ridgeway. O senhor parecia acreditar que o testamento da falecida sra. Harter estivesse sob os nossos cuidados?

Charles o fitou com os olhos.

– Com certeza. Ouvi minha tia falar sobre isso.

– Oh, claro, claro. Ele *estava* sob nossos cuidados.

– *Estava*?
– Foi isso que eu disse. A sra. Harter nos escreveu, pedindo que o testamento fosse enviado a ela na terça-feira passada.

Uma sensação desconfortável invadiu Charles. Ele teve um remoto pressentimento de desagrado.

– Sem dúvida ele vai aparecer entre os papéis dela – continuou o advogado tranquilamente.

Charles não disse nada. Tinha medo de confiar em sua língua. Ele já tinha vasculhado os papéis da sra. Harter detalhadamente, com apuro suficiente para estar bastante certo de que não havia um testamento entre eles. Em um ou dois minutos, quando recuperou o controle sobre si mesmo, falou com o advogado. A sua voz soou irreal para si mesmo, e ele teve a sensação de que água fria lhe escorria pelas costas.

– Alguém mexeu em seus objetos pessoais? – perguntou o advogado.

Charles respondeu que a criada, Elizabeth, o havia feito. Elizabeth foi chamada por sugestão do sr. Hopkinson. Ela veio prontamente, austera e direta, e respondeu às perguntas que lhe foram apresentadas.

Ela tinha vasculhado todas as roupas e objetos pessoais da senhora. Tinha certeza de que não havia nenhum documento parecido com um testamento entre eles. Ela já o tinha visto – sua pobre senhora o tivera nas mãos na manhã de sua morte.

– Você tem certeza disso? – perguntou o advogado com severidade.

– Sim, senhor. Ela me disse. E me fez pegar cinquenta libras em dinheiro. O testamento estava num longo envelope azul.

– Correto – disse o sr. Hopkinson.

– Agora estou me lembrando – continuou Elizabeth –, aquele mesmo envelope azul estava sobre esta mesa na manhã seguinte à morte da sra. Harter, só que estava vazio. Eu o coloquei sobre a escrivaninha.

– Eu me lembro de tê-lo visto ali – disse Charles.

Ele se levantou e foi até a escrivaninha. Em alguns minutos ele voltou com um envelope em mãos, que entregou ao sr. Hopkinson. Este o examinou e fez um aceno com a cabeça.

– Este é o envelope no qual despachei o testamento na última terça-feira.

Os dois homens olharam com firmeza para Elizabeth.

– Mais alguma coisa, senhor? – ela indagou respeitosamente.

– Não para o momento, obrigado.

Elizabeth seguiu em direção à porta.

– Um minuto – disse o advogado. – Havia fogo na lareira naquela noite?

– Sim, senhor, ela sempre estava acesa.

– Obrigado, isso é tudo.

Elizabeth saiu da sala. Charles inclinou-se para frente, pousando uma mão trêmula sobre a mesa.

– O que o senhor acha? O que está pensando?

O sr. Hopkinson balançou a cabeça.

– Ainda devemos esperar que o testamento apareça. Se não aparecer...

– Bem, e se não aparecer?

– Suponho que só haja uma conclusão possível. Sua tia mandou pedir o testamento com a intenção de destruí-lo. Não querendo que Elizabeth perdesse com isso, deu a ela sua herança em dinheiro.

– Mas por quê? – gritou Charles selvagemente. – Por quê?

O sr. Hopkinson tossiu. Uma tosse seca.

– O senhor não teve nenhuma desavença com a sua tia, sr. Ridgeway? – ele murmurou.

Charles arfou.

— Não, de maneira alguma — ele exclamou calorosamente. — Estávamos nos termos mais amigáveis e afetivos, até o fim.

— Ah! — disse o sr. Hopkinson, sem olhar para ele.

Charles recebeu como um choque o fato de o advogado não acreditar nele. Quem sabe o que esse velho seco como um pau não terá ouvido? Rumores sobre os feitos de Charles podem ter chegado até ele. Nada mais natural que o outro supusesse que esses mesmos rumores tivessem chegado à sra. Harter, e que a tia e sobrinho tivessem tido uma altercação sobre o assunto?

Mas não era verdade! Charles passava por um dos períodos mais amargos de sua trajetória. Todos acreditavam em suas mentiras. Agora que ele falava a verdade, a crença era negada. A ironia disso tudo!

É claro que sua tia jamais queimara o testamento! Claro que não...

Seus pensamentos pararam por um instante. O que era aquela visão se erguendo diante de seus olhos? Uma velha senhora com uma mão junto ao peito... alguma coisa escorregando... um papel... caindo sobre as quentes brasas vermelhas...

O rosto de Charles empalideceu. Ele ouviu uma voz rouca — a sua própria voz — perguntando:

— E se o testamento nunca for encontrado...?

— Existe um testamento antigo da sra. Harter. Datado de setembro de 1920. De acordo com essa versão, a sra. Harter deixa tudo para sua sobrinha, Miriam Harter, agora Miriam Robinson.

O que o velhote estava dizendo? Miriam? Miriam com seu marido desclassificado e suas quatro pestes choronas? Toda a sua esperteza — para Miriam!

O telefone tocou às suas costas. Ele apanhou o receptor. Era a voz do médico, sincera e gentil.

— É você, Ridgeway? Achei que gostaria de saber. A autópsia acaba de ser concluída. A causa da morte é mesmo a que eu conjeturava. Na verdade, o problema cardíaco era muito mais grave do que eu suspeitava quando ela estava viva. Mesmo com os mais extremos cuidados, ela não teria vivido mais do que dois meses. Achei que você gostaria de saber. Pode ser que o console um pouco.

– Perdão – disse Charles –, você se importaria em repetir o que acabou de dizer?

– Ela não teria vivido mais do que dois meses – disse o médico num tom um pouco mais alto. – No fim foi melhor assim, meu caro companheiro...

No entanto, Charles bateu o telefone ao colocá-lo de volta no gancho. Estava ciente de que a voz do advogado lhe dizia algo da distância.

– Por Deus, sr. Ridgeway, o senhor está doente?

Para o inferno com todos eles! O advogado convencido. Aquele velho peçonhento do Meynell. Sem mais esperanças no horizonte, restava-lhe apenas as sombras das paredes da prisão...

Sentiu que *Alguém* tinha estado brincando com ele, brincando com ele como um gato faz com um rato. Alguém deve estar rindo...

A SEGUNDA BATIDA DO GONGO

Joan Ashby saiu de seu quarto e ficou parada por um instante à frente da soleira da porta. Preparava-se para dar meia-volta para retornar ao quarto quando, debaixo dos seus pés – ao que parecia –, um gongo soou.

Imediatamente Joan disparou para frente quase em ritmo de corrida. Era tamanha a sua pressa que na parte superior da grande escada ela se chocou contra um jovem que vinha na direção contrária.

– Olá, Joan! Para que toda essa pressa?

– Desculpe-me, Harry. Eu não o vi.

– Sim, pude perceber – disse Harry Dalehouse causticamente. – Mas como eu ia dizendo, para que toda essa afobação?

– Foi o gongo.

– Eu sei. Mas foi apenas a primeira batida.

– Não, foi a segunda.

– Primeira.

– Segunda.

Enquanto discutiam, foram descendo as escadas. Agora estavam no corredor, onde o mordomo, tendo recolocado a baqueta do gongo no lugar, avançava na direção deles com passos graves e altivos.

– Foi a segunda – insistiu Joan. – Eu sei que foi. Bem, antes de mais nada, olhe a hora.

Harry Dalehouse deu uma olhada no relógio de pêndulo.

– Oito horas e doze minutos – ele observou. – Joan, acho que você está certa, mas não ouvi a primeira. Digby – ele se dirigiu ao mordomo –, esta foi a primeira ou a segunda batida?

– A primeira, senhor.

– Às 8h12? Digby, alguém vai ser despedido por isso.

Um leve sorriso surgiu por um instante no rosto do mordomo.

– O jantar será servido dez minutos mais tarde esta noite, senhor. Ordens do patrão.

– Incrível! – gritou Harry Dalehouse. – As coisas estão chegando a um ponto crítico. Existem sempre novas surpresas. O que aflige meu honrado tio?

– O trem das sete, senhor, atrasou meia hora, e como...

O mordomo travou quando um som parecendo o estalo de um chicote foi ouvido.

– O que diabos... – disse Harry. – Ora, isso soou exatamente como um tiro.

Um homem moreno e atraente, de 35 anos, saiu da sala de visitas à esquerda deles.

– O que foi isso? – ele perguntou. – Soou exatamente como um tiro.

– Deve ter sido um estouro no cano de descarga de algum carro, senhor – disse o mordomo. – A estrada passa bem perto deste lado da casa, e as janelas do segundo andar estão abertas.

– Talvez – disse Joan com desconfiança. – Mas isso seria ali. – Ela indicou com a mão para a direita. – E tenho a impressão de que o barulho veio daqui. – Ela apontou para a esquerda.

O homem moreno sacudiu a cabeça.

– Eu acho que não. Eu estava na sala de visitas. Saí para este lado porque pensei que o barulho vinha desta direção.

Ele fez um sinal com a cabeça na direção do gongo e da porta da frente.

– Leste, oeste e sul, não é? – disse o irrefreável Harry. – Bem, eu vou completar o quadro, Keene. Norte para mim. Tive a impressão de que vinha de trás de nós. Alguém apresenta uma outra possibilidade?

– Bem, sempre pode-se tratar de um assassinato – disse Geoffrey Keene, sorrindo. – Como disse, srta. Ashby?

– Foi apenas um calafrio – disse Joan. – Não é nada. Aquilo que a gente chama de um frio na espinha.

– Um bom palpite: assassinato – disse Harry. – Mas, ai de mim! Sem gemidos, sem sangue? Receio que seja um caçador atrás de um coelho.

– Uma possibilidade enfadonha, mas eu suponho que acertada – concordou o outro. – Mas soou tão perto. De qualquer forma, vamos passar à sala de visitas.

– Graças a Deus não estamos atrasados – disse Joan com fervor. – Desci as escadas correndo como uma tola, pensando que era o segundo gongo.

Entre risos, todos entraram na grande sala de visitas.

Lytcham Close era uma das casas antigas mais famosas da Inglaterra. Seu dono, Hubert Lytcham Roche, era o último descendente de uma grande linhagem, e mesmo os seus parentes mais distantes estavam prontos a advertir que "O velho Hubert, sabe, deveria ser realmente internado. Louco de atar, o pobre-coitado."

Excluído o exagero natural de alguns amigos e parentes, sobrava alguma verdade. Hubert Lytcham Roche era, sem dúvida, excêntrico. Apesar de ser um excelente músico, era um homem de temperamento ingovernável e tinha uma ideia quase anormal de sua própria importância. As pessoas que frequentavam sua casa tinham que respeitar suas manias; do contrário, nunca mais eram convidadas.

Uma dessas manias era sua música. Se tocava para os convidados, como fazia com frequência à noite, exigia-se nada menos que silêncio absoluto. Um comentário sussurrado, o ruído de um vestido, mesmo um simples movimento bastava para que ele se voltasse com um olhar feroz, e lá se ia a chance do desafortunado visitante ser novamente convidado.

Outro aspecto era a pontualidade absoluta para a principal refeição do dia. O café da manhã era insignificante – podia-se descer ao meio-dia se você assim desejasse. Quanto ao almoço, a mesma coisa – uma refeição simples de carnes frias e frutas em compota. Mas o jantar era um rito, um festival, preparado por um cozinheiro *cordon bleu* que ele havia persuadido, através de um salário fabuloso, a deixar um grande hotel.

A primeira batida do gongo soava cinco minutos antes das oito horas. Às oito e quinze a segunda batida se fazia ouvir, e imediatamente depois a porta era aberta, o jantar anunciado aos convidados reunidos, e um solene cortejo seguia até a sala de jantar. Qualquer um que tivesse a ousadia de se atrasar para a segunda batida do gongo era, daquele momento em diante, excomungado – e Lytcham Close estaria fechada para sempre para o desventurado comensal.

Por isso a ansiedade de Joan Ashby, e também o assombro de Harry Dalehouse, ao ouvir que o evento sagrado seria atrasado em dez minutos na noite em questão. Embora não fosse muito próximo de seu tio, ele já havia ido a Lytcham Close um número suficiente de vezes para saber quão rara era essa ocorrência.

Geoffrey Keene, que era o secretário de Lytcham Roche, também ficou muito surpreso.

– Extraordinário – ele comentou. – Eu nunca vi algo assim acontecer. Você tem certeza?

– Foi Digby quem disse.

– Ele disse algo sobre um trem – disse Joan Ashby. – Se não estou enganada.

— Estranho – disse Keene pensativo. – Saberemos com o desenrolar dos eventos, suponho. Mas é muito curioso.

Os dois homens ficaram em silêncio por um instante, observando a garota. Joan Ashby era uma criatura encantadora, de olhos azuis e cabelos dourados, dotada de um brilho maroto. Esta era a sua primeira visita a Lytcham Close, e o convite havia sido feito por sugestão de Harry.

A porta se abriu, e Diana Cleves, a filha adotiva de Lytcham Roche, entrou na sala.

Havia uma graça atrevida em Diana, uma feiticeira de olhos negros e língua insolente. Quase todos os homens se apaixonavam por Diana e ela se comprazia com suas conquistas. Uma criatura estranha, cuja sugestiva e tentadora fogosidade encobria sua completa frieza.

— Pela primeira vez ganhei do velho – ela comentou. – É a primeira vez em semanas que ele não chega primeiro, olhando o relógio e dando passos barulhentos de um lado para o outro, como um tigre na hora da ração.

Os dois jovens avançaram, ela sorriu de forma hipnótica para eles, depois se virou para Harry. As faces escuras de Geoffrey Keene ruborizaram enquanto ele recuava.

Recuperou-se, no entanto, logo depois, quando a senhora Lytcham Roche entrou. Era uma mulher alta, morena, naturalmente esquiva em suas maneiras. Estava usando uma roupa esvoaçante de um tom indeterminado de verde. Com ela estava um homem de meia-idade com um nariz aquilino e um queixo destacado: Gregory Barling. Ele era uma figura proeminente no mundo das finanças, bem-nascido por parte de mãe. Havia vários anos, mantinha uma relação de íntima amizade com Hubert Lytcham Roche.

Bum!

O gongo soou, imponente. Quando o som se extinguiu, a porta foi aberta, e Digby anunciou:

— O jantar está servido.

Então, apesar de ser um criado bem-treinado, um lampejo de completo espanto brotou em seus olhos.

Era evidente que o seu espanto foi compartilhado por todos. A sra. Lytcham Roche soltou uma risada vacilante.

– É incrível. Realmente. Não sei o que fazer...

Todos ficaram perplexos. Toda a tradição de Lytcham Close estava arruinada. O que poderia ter acontecido? Cessaram as conversas. Havia um tenso ar de espera.

Finalmente a porta se abriu mais uma vez; um ar de alívio circulou pelo ambiente, combinado a uma leve ansiedade sobre como tratar a situação. Nenhum comentário que pudesse ressaltar o fato de que o próprio anfitrião transgredira a regra mais rigorosa da casa poderia ser feito.

Mas o recém-chegado não era Lytcham Roche. Ao contrário do homem grande, barbudo, com a aparência de viking, avançava em direção à longa sala de visitas um homem muito pequeno, evidentemente um estrangeiro, de cabeça oval, com um extravagante bigode e os mais irretocáveis trajes de noite.

Com os olhos brilhando, o recém-chegado avançou em direção à sra. Lytcham Roche.

– Minhas desculpas, madame – ele disse. – Creio que estou um pouco atrasado.

– Oh, de maneira alguma! – murmurou a sra. Lytcham Roche de maneira vaga. – De maneira alguma, senhor... – ela vacilou.

– Poirot, madame. Hercule Poirot.

Ele ouviu atrás de si um suave "Oh" – mais para uma arfada do que para uma palavra articulada –, uma exclamação feminina. Talvez ele tenha se sentido lisonjeado.

– A senhora sabia que eu viria? – ele murmurou gentilmente. – *N'est-ce pas, madame?* O seu marido lhe disse.

– Oh, oh sim – disse a sra. Lytcham Roche, de maneira pouco convincente. – Quero dizer, acho que sim. Sou terrivelmente desafeita às coisas práticas, sr. Poirot. Nunca me lembro de nada. Mas felizmente Digby cuida de tudo.

– Meu trem atrasou – disse o senhor Poirot. – Um acidente nos trilhos.

– Oh – exclamou Joan –, então é por isso que o jantar foi atrasado.

Seu olhar rapidamente pousou sobre ela, um olhar sinistro e perspicaz.

– Trata-se de algo incomum, então?

– Eu realmente não me lembro quando foi que... – começou a falar a sra. Lytcham Roche e depois parou. – Quero dizer – ela continuou confusamente –, é tão estranho. Hubert nunca...

Poirot passou rapidamente os olhos pelo grupo.

– O senhor Lytcham Roche ainda não desceu?

– Não, e isso é tão espantoso – ela olhou suplicante para Geoffrey Keene.

– O sr. Lytcham Roche é a pontualidade em pessoa – explicou Keene. – Ele não se atrasa para o jantar desde, bem, nunca vi ele se atrasar antes.

Para um estranho a situação deve ter sido cômica: os rostos desnorteados e a consternação geral.

– Já sei – disse a sra. Lytcham Roche, com o ar de quem está resolvendo um problema. – Vou tocar a sineta para chamar Digby.

A ação acompanhou as palavras.

O mordomo chegou prontamente.

– Digby – disse a sra. Lytcham Roche –, o seu senhor. Ele está...

Como era de costume, ela não terminou a frase. Estava claro que o mordomo não esperava que ela o fizesse. Respondeu prontamente e com simpatia.

– O sr. Lytcham Roche desceu às cinco para as oito e entrou no escritório, senhora.

– Oh! – Ela fez uma pausa. – Você não acha, quero dizer, que ele não ouviu o gongo?

– Eu acho que ele deve ter ouvido. O gongo fica muito próximo à porta do escritório.

– Sim, claro, claro – disse a sra. Lytcham Roche, mais vaga do que nunca.

– Eu devo informá-lo, senhora, de que o jantar está servido?

– Ah, obrigada, Digby. Sim, eu acho... Sim, sim, faça isso.

– Eu não sei – disse a sra. Lytcham Roche para os seus convidados enquanto o mordomo se retirava – o que eu faria sem o Digby!

Uma pausa se seguiu.

Então Digby voltou a entrar na sala. Sua respiração estava um pouco mais rápida do que o esperado para um bom mordomo.

– Desculpe-me, senhora. A porta do escritório está trancada.

Foi então que o sr. Hercule Poirot assumiu o controle da situação:

– Eu acho – ele disse – que nós deveríamos ir até o escritório.

Abriu caminho e todos o seguiram. Sua suposta autoridade parecia perfeitamente natural. Ele já não era o convidado de aparência cômica. Era uma pessoa importante e o dono da situação.

Liderou o caminho, saindo pelo corredor, passando pela escadaria, pelo grande relógio, pelo nicho no qual ficava o gongo. Exatamente em frente ao nicho havia uma porta fechada.

Ele bateu na porta, primeiro gentilmente, depois com crescente violência. Mas não houve resposta. Muito agilmente ele se ajoelhou e colocou o olho na fechadura. Levantou-se e olhou em volta.

– *Messieurs* – ele disse –, precisamos derrubar esta porta. Imediatamente!

Assim como antes, ninguém questionou sua autoridade. Geoffrey Keene e Gregory Barling eram os mais fortes. Investiram contra a porta sob as instruções de Poirot. Não era uma tarefa fácil. As portas de Lytcham Close eram sólidas – nada de materiais baratos e modernos. A superfície de madeira resistiu ao ataque bravamente, mas acabou cedendo ao ataque dos homens, tombando para dentro.

O grupo hesitou na entrada da porta. Viram o que inconscientemente temiam ver. A janela estava bem à sua frente. À esquerda, entre a porta e a janela, havia uma grande escrivaninha. Sentado, não exatamente na mesa, mas à sua diagonal, estava um homem – um homem de grande porte – inclinado para frente na cadeira. Suas costas estavam voltadas para eles e seu rosto para a janela. Sua posição, porém, permitia que se visse tudo: sua mão direita a pender debilmente e, abaixo dela, no tapete, uma pistola pequena e brilhante.

Poirot disse rapidamente a Gregory Barling:

– Tire a sra. Lytcham Roche daqui, e também as outras duas damas.

O outro acenou compreensivo com a cabeça. Ele pousou a mão sobre o braço de sua anfitriã. Ela tremia.

– Ele se matou – ela murmurou. – Horrível! – Com mais um calafrio ela se deixou levar embora. As duas meninas a seguiram.

Poirot avançou para dentro do aposento, os dois jovens atrás dele.

Ele se ajoelhou ao lado do corpo, fazendo gestos para que eles ficassem um pouco afastados.

Encontrou o furo da bala no lado direito da cabeça. A bala havia atravessado o crânio e saído pelo outro lado, e havia, evidentemente, acertado um espelho que estava pendurado na parede à esquerda, visto que este estava rachado. Sobre a escrivaninha estava uma folha de papel, quase em branco, exceto pelas palavras ME DESCULPE rabiscadas numa caligrafia hesitante e irregular.

Poirot olhou subitamente para trás, em direção à porta.

— A chave não está na fechadura — ele disse. — Será...

Sua mão deslizou para dentro do bolso do falecido.

— Aqui está — ele disse. — Pelo menos é o que parece. Tenha a bondade de testar, *monsieur*.

Geoffrey Keene pegou a chave da mão de Poirot e a encaixou na fechadura.

— É essa mesmo.

— E a janela?

Harry Dalehouse avançou em direção à janela.

— Fechada.

— Você me permite?

Rapidamente, Poirot se juntou ao outro na janela. Era uma longa janela de batentes. Poirot a abriu, ficou parado por um instante examinando a grama à frente, então voltou a fechá-la.

— Meus amigos — ele disse —, precisamos telefonar para a polícia. Até eles chegarem e se convencerem de que foi mesmo suicídio nada pode ser tocado. A morte ocorreu no máximo há quinze minutos.

— Eu sei — disse Harry com a voz rouca. — Nós ouvimos o tiro.

— *Comment*? O que você está dizendo?

Harry explicou com a ajuda de Geoffrey Keene. Quando ele acabou de falar, Barling reapareceu.

Poirot repetiu o que havia dito antes, e quando Keene saiu para telefonar, ele pediu a Barling que lhe respondesse brevemente algumas perguntas.

Eles foram para um pequeno aposento, deixando Digby de guarda do lado de fora do escritório, enquanto Harry foi procurar as senhoras.

— O senhor era, pelo que sei, um amigo íntimo do sr. Lytcham Roche — começou Poirot. — É por essa razão que eu recorro primeiramente ao senhor. De acordo com a etiqueta, talvez eu devesse falar primeiro com a senhora Lytcham Roche, mas no momento isso não me parece *pratique*.

Ele fez uma pausa.

– Eu estou, como senhor pode ver, numa situação muito delicada. Vou expor os fatos francamente para o senhor. Sou um detetive particular.

O financista sorriu de leve.

– Não é necessário que o senhor me diga isso, sr. Poirot. O seu nome, a essas alturas, já é parte desta casa.

– *Monsieur* é muito amável – disse Poirot se curvando. – Vamos em frente, então. Recebo, em meu endereço em Londres, uma carta deste sr. Lytcham Roche. Nessa carta ele diz que tem uma razão para acreditar que está sendo fraudado em grandes somas de dinheiro. Por razões familiares, como ele mesmo colocou, não quer envolver a polícia no assunto, mas deseja que eu venha até sua casa e investigue o caso para ele. Bem, eu concordo. Venho. Não tão rápido quanto o senhor Lytcham Roche deseja, pois, afinal, tenho outros afazeres, e o senhor Lytcham Roche não é exatamente o rei da Inglaterra, apesar de ele parecer acreditar que é.

Barling deu um sorriso oblíquo.

– Ele de fato se via dessa maneira.

– Exatamente. Oh, o senhor compreende, a carta dele revelou de modo bastante claro que ele era o que se poderia chamar de um homem muito original. Ele não era louco, mas desequilibrado, *n'est-ce pas*?

– O que ele acaba de fazer deve mostrar isso.

– Oh, *monsieur*, mas o suicídio nem sempre é um ato de desequilibrados. Um júri investigativo poderia assim considerar, mas apenas para poupar os sentimentos dos que ficam.

– Hubert não era um sujeito normal – disse Barling, decidido. – Era dado a furores ingovernáveis, era monomaníaco no que dizia respeito ao orgulho familiar, e tinha mais ideias fixas do que qualquer um. Mas apesar de tudo, era um homem muito astuto.

– Precisamente. Ele era astuto o suficiente para descobrir que estava sendo roubado.

– Um homem comete suicídio porque está sendo roubado? – perguntou Barling.

– Exato, *monsieur*. É ridículo. E isso me leva à necessidade de pressa no caso. Por razões familiares, essa foi a frase que ele utilizou na carta. *Eh, bien, monsieur*, o senhor é um homem vivido, o senhor sabe que é precisamente por isto, por razões familiares, que um homem, de fato, comete suicídio.

– O senhor quer dizer...?

– Que parece, à primeira vista, que *ce pauvre monsieur* havia descoberto algo mais e não foi capaz de encarar o que descobrira. Mas entenda, eu tenho um dever. Eu já estou empregado, encarregado do caso, pois aceitei a tarefa. O falecido não queria que essas "razões familiares" chegassem à polícia. Então devo agir rapidamente. Tenho que descobrir a verdade.

– E quando o senhor vai descobrir?

– Então... Bem, terei de usar minha discrição. Farei o que for possível.

– Entendo – disse Barling. Ele fumou em silêncio por um ou dois minutos, depois disse: – Ainda assim não creio que possa ajudá-lo. Hubert nunca me confidenciou nada. Eu não sei de nada.

– Mas diga-me, *monsieur*, quem, em sua opinião, teria chance de roubar esse pobre homem?

– Difícil dizer. Claro, há o corretor de imóveis. Trata-se de um novo funcionário.

– O corretor?

– Sim. Marshall. Capitão Marshall. Um sujeito muito simpático, perdeu um braço na guerra. Veio para cá há um ano. Mas Hubert gostava dele, eu sei, e também confiava nele.

– Se era o capitão Marshall que o estava enganando, não haveria razão para o silêncio.

– Não... não m-mesmo.

A hesitação não escapou aos olhos de Poirot.

– Fale, *monsieur*. Fale claramente. Eu lhe suplico.

– Pode ser apenas intriga.

– Por favor, fale.

– Pois bem. Vou falar. O senhor reparou numa jovem muito atraente na sala de visitas?

– Reparei em duas.

– Ah, sim, a senhorita Ashby. Uma gracinha de menina. É a sua primeira visita. Harry Dalehouse pediu para a sra. Lytcham Roche convidá-la. Não, eu me refiro a uma garota morena: Diana Cleves.

– Ela me chamou a atenção – disse Poirot. – É do tipo que chamaria a atenção de qualquer homem, creio.

– Ela é o diabo em pessoa – explodiu Barling. – Ela já se comportou de maneira leviana com todos os homens num raio de trinta quilômetros. Alguém vai assassiná-la qualquer dia desses.

Ele enxugou a testa com um lenço, sem se dar conta do aguçado interesse que o outro lhe votava.

– E essa jovem é...

– É a filha adotiva de Lytcham Roche. Sofreram uma grande decepção quando descobriram que não poderiam ter filhos. Então adotaram Diana Cleves, que era uma espécie de prima deles. Hubert era muito dedicado a ela, simplesmente a idolatrava.

– Sem dúvida ele não ia gostar da ideia de ela se casar? – sugeriu Poirot.

– A menos que ela se casasse com a pessoa certa.

– E a pessoa certa seria... o senhor, *monsieur*?

Barling arregalou os olhos e ruborizou.

– Em nenhum momento eu disse...

– *Mais non, mais non!* O senhor não disse nada. Mas era isso mesmo, não era?

– Sim, eu me apaixonei por ela. Lytcham Roche estava feliz com a ideia. Isso estava de acordo com os planos que ele tinha para ela.

– E quanto à *mademoiselle*?

– Eu já lhe disse: ela é o demônio encarnado.

– Compreendo. Ela tem suas próprias ideias do que é se divertir, não é verdade? Mas e o capitão Marshall, onde ele entra?

– Bem, os dois têm se encontrado. As pessoas comentam. Não que eu pense que haja alguma coisa aí. Puro falatório. Só isso.

Poirot concordou com a cabeça:

– Mas supondo que tenha havido mesmo algo... Bem, então talvez isso possa explicar por que o senhor Lytcham Roche desejava proceder cautelosamente.

– O senhor entende, não entende, que não há nenhuma razão visível para suspeitar que Marshall tenha sido o responsável pelo desfalque?

– *Oh, parfaitement, parfaitement!* Pode ser um caso de falsificação de cheque em que alguém da casa está envolvido. E esse jovem sr. Dalehouse, quem é?

– Um sobrinho.

– Será o herdeiro, não é?

– Ele é o filho de uma irmã. É provável que vá assumir o nome: não há mais nenhum Lytcham Roche.

– Entendo.

– A propriedade não está exatamente vinculada, apesar de sempre ter passado de pai para filho. Sempre imaginei que ele deixaria a casa para a esposa enquanto ela vivesse e depois talvez para Diana, se ele aprovasse seu casamento. O senhor vê, o marido poderia assumir o nome.

– Compreendo – disse Poirot. – O senhor foi muito gentil e útil para mim, *monsieur*. Posso lhe pedir mais uma coisa? Para explicar à sra. Lytcham Roche tudo o que eu lhe disse e suplicar a ela que me conceda um minuto?

Mais rápido do que ele esperava, a porta se abriu e a sra. Lytcham Roche entrou. Ela andou suavemente até uma cadeira.

— O sr. Barling me explicou tudo — ela disse. — Não há necessidade de fazer escândalo, não é mesmo? Embora eu sinta realmente que foi obra do destino, o senhor não acha? Quero dizer, por causa do espelho e tudo mais.

— *Comment?* O espelho?

— No momento em que o vi... aquilo parecia um símbolo. De Hubert! Uma maldição, sabe. Acho que famílias antigas frequentemente têm maldições. Hubert sempre foi muito estranho. Ultimamente andava mais estranho do que nunca.

— A senhora me perdoe a pergunta, madame, mas a senhora não está, sob nenhum aspecto, mal de dinheiro?

— Dinheiro? Eu nunca penso em dinheiro.

— A senhora sabe o que dizem por aí, madame? Aqueles que nunca pensam em dinheiro normalmente são os que mais precisam dele.

Ele arriscou uma pequena risada. Ela não correspondeu. Os olhos dela miravam algum ponto ao longe.

— Muito obrigado, senhora — ele disse, e a entrevista chegou ao fim.

Poirot tocou a sineta e Digby atendeu.

— Pedirei que o senhor me responda algumas perguntas — disse Poirot. — Sou um detetive particular contratado pelo seu patrão antes de ele morrer.

— Um detetive! — o mordomo disse ofegante. — Como assim?

— Por favor, responda às minhas perguntas. Quanto ao tiro...

Ele ouviu o relato do mordomo.

— Então havia quatro pessoas no saguão?

— Sim, senhor; o sr. Dalehouse e a srta. Ashby, e o sr. Keene, que veio da sala de visitas.

— E onde estavam os outros?

— Os outros, senhor?

— Sim, a sra. Lytcham Roche, a srta. Cleves e o sr. Barling.

— A sra. Lytcham Roche e o sr. Barling desceram mais tarde, senhor.

— E a srta. Cleves?

— Eu acho que a senhorita Cleves estava na sala de visitas, senhor.

Poirot fez mais algumas perguntas, depois dispensou o mordomo com a ordem de que pedisse à srta. Cleves que viesse vê-lo.

Ela atendeu imediatamente à convocação, e ele a estudou atentamente tendo em vista as revelações de Barling. Era mesmo bela, em seu vestido branco de cetim com o botão de rosa no ombro.

Ele explicou as circunstâncias que o haviam trazido a Lytcham Close, examinando-a cuidadosamente, mas ela demonstrou apenas o que parecia ser genuína surpresa, sem nenhum sinal de inquietação. Ela falou sobre Marshall com indiferença ainda que num tom de aprovação. Apenas com a menção do nome de Barling ela demonstrou certa animação.

— Aquele homem é um vigarista — ela disse categoricamente. — Eu disse isso ao Velho, mas ele não quis me escutar: continuou colocando dinheiro nos negócios podres dele.

— A senhorita está triste, *mademoiselle*, que o seu pai esteja morto?

Ela o encarou.

— É claro. Sou moderna, sabe, sr. Poirot. Não sou de ficar choramingando ou coisas do tipo. Mas eu gostava do velho. Embora, sem dúvida, tenha sido melhor para ele.

— Melhor para ele?
— Sim. Qualquer dias desses ele teria de ser internado. Estava crescendo dentro dele essa crença de que o último Lytcham Roche de Lytcham Close era onipotente.

Poirot concordou com a cabeça.

— Entendo, entendo sim... sinais evidentes de perturbação mental. A propósito, a senhorita permite que eu observe a sua bolsinha? É encantadora, todos esses botões de rosa de seda... O que eu estava dizendo? Ah, sim, a senhorita ouviu o disparo?

— Oh, sim! Mas pensei que fosse um carro ou um caçador, ou algo assim.

— A senhorita estava na sala de visitas?

— Não, eu estava no jardim.

— Muito bem. Obrigado, *mademoiselle*. Agora eu gostaria de ver o senhor Keene, é isso?

— Geoffrey? Vou dizer a ele que venha.

Keene entrou no aposento, alerta e interessado.

— O sr. Barling estava me contando sobre a razão que o trouxe aqui. Não sei se há algo que eu possa lhe contar, mas se eu puder...

Poirot o interrompeu.

— Só quero saber uma coisa, *monsieur* Keene. O que foi o que o senhor parou para juntar do chão, pouco antes de chegarmos à porta do escritório há pouco?

— Eu... — Keene deu um pequeno pulo da cadeira, depois voltou a se acomodar. — Não sei do que o senhor está falando — ele disse de modo fraco.

— Ah, eu acho que o senhor sabe, *monsieur*. O senhor estava atrás de mim, eu sei, mas tenho um amigo que diz que eu tenho olhos atrás da cabeça. O senhor pegou alguma coisa e colocou no bolso direito de seu paletó.

Houve uma pausa. Podia-se ler claramente a indecisão no atraente rosto de Keene. Finalmente ele se decidiu.

— Pode escolher, senhor Poirot – ele disse e, inclinando-se para frente, virou os bolsos do avesso. Havia uma piteira, um lenço, um pequeno botão de rosa de seda e uma pequena caixa de fósforos dourada.

Após um momento de silêncio, Keene disse:

— Para falar a verdade foi isso – ele pegou a caixa de fósforos. – Devo tê-la deixado cair, mais cedo.

— Acho que não – disse Poirot.

— O que o senhor quer dizer com isso?

— Aquilo que estou dizendo. Eu, *monsieur*, sou um homem meticuloso, metódico, ordeiro. Uma caixa de fósforos no chão, eu a teria visto e juntado. Uma caixa de fósforos deste tamanho, com certeza eu a teria visto! Não, *monsieur*, eu acho que foi uma coisa muito menor, como isto, talvez.

Ele pegou o pequeno botão de rosa de seda.

— Da bolsa da srta. Cleves, eu suponho?

Houve um momento de hesitação, então Keene admitiu com uma risada.

— Sim, é isso mesmo. Ela me deu ontem à noite.

— Muito bem – disse Poirot, e neste momento a porta se abriu, e um homem alto, de cabelos claros, vestido com um traje de passeio, avançou para dentro do aposento.

— Keene! O que é isso? Lytcham Roche se matou? Nossa, não posso acreditar. É incrível.

— Deixe-me apresentá-lo – disse Keene – ao senhor Hercule Poirot. Ele vai lhe contar tudo – e saiu da sala batendo a porta.

— Sr. Poirot – John Marshall estava ávido –, muitíssimo prazer em conhecê-lo. Foi um pouco de sorte eu ter encontrado o senhor aqui. Lytcham Roche não me disse que o senhor viria. Sou um grande admirador do seu trabalho.

"Um jovem fascinante", pensou Poirot – mas nem tão jovem, pois tinha cabelos grisalhos nas têmporas e finas rugas na testa. Eram sua voz e suas maneiras que lhe davam um certo ar juvenil.

— A polícia...

— Eles estão aqui, senhor. Subi com eles enquanto ouvia as notícias. Não pareciam particularmente surpresos. Claro que ele era louco de atar, mas mesmo assim...

— Mesmo assim o senhor está surpreso com o fato de ele ter cometido suicídio?

— Para falar a verdade, sim. Jamais teria pensado que... bem, que Lytcham Roche pudesse imaginar que o mundo sem ele continuaria a girar.

— Ele teve problemas financeiros recentemente, não é?

Marshall concordou com a cabeça.

— Ele especulava. Os esquemas arriscados de Barling.

Poirot disse calmamente:

— Serei muito franco. O senhor tinha alguma razão para supor que o sr. Lytcham Roche suspeitasse que o senhor estava manipulando indevidamente suas contas?

Marshall fitou Poirot com uma espécie de perplexidade cômica. Tão cômica que Poirot teve que sorrir.

— Vejo que o senhor está totalmente perplexo, capitão Marshall.

— Sim, naturalmente. Essa é uma ideia ridícula.

— Ah! Uma outra pergunta. Ele não suspeitava que o senhor estivesse prestes a lhe tomar a filha adotiva?

— Oh, então o senhor sabe sobre mim e Di? — ele riu de maneira embaraçada.

— É verdade, então?

Marshall assentiu com a cabeça.

— Mas o velho não sabia de nada. Di não permitiria que lhe contassem. Acho que ela estava certa. Ele teria ficado uma fera. Eu teria sido escorraçado do meu emprego e ficaria tudo por isso mesmo.

— E, em lugar disso, qual era o seu plano?

— Bem, palavra de honra, senhor, nem eu sei. Deixei que Di cuidasse disso. Ela disse que daria um jeito. Na verdade, eu já estava procurando um emprego. Se encontrasse, deixaria este.

— E *mademoiselle* teria se casado com o senhor? Mas o sr. Lytcham Roche poderia ter cortado a pensão dela. *Mademoiselle* Diana, pelo que pude perceber, é apaixonada por dinheiro.

Marshall pareceu um tanto constrangido.

— Eu tentaria compensá-la de alguma maneira, senhor.

Geoffrey Keene entrou na sala.

— Os policiais já estão de saída e gostariam de vê-lo, sr. Poirot.

— *Merci*. Já vou.

No escritório estavam um robusto inspetor e o médico da polícia.

— Sr. Poirot? — disse o inspetor. — Ouvimos falar do senhor. Eu sou o inspetor Reeves.

— O senhor é muito gentil — disse Poirot, enquanto trocavam um aperto de mãos. — O senhor não precisa da minha colaboração, não é? — ele deu uma risadinha.

— Desta vez não, senhor. Tudo está correndo sem maiores dificuldades.

— O caso está perfeitamente esclarecido, então? — perguntou Poirot.

— Absolutamente. Porta e janela fechadas, chave da porta no bolso do falecido. Comportamento estranho nos últimos dias. Nenhuma dúvida.

— Tudo muito... natural?

O médico resmungou.

— Ele devia estar sentado num ângulo muito incomum para que a bala pudesse atingir aquele espelho. Mas suicídio é mesmo um negócio incomum.

— O senhor encontrou a bala?

– Sim, aqui está. – O médico mostrou a bala.
– Perto da parede abaixo do espelho. A arma pertencia ao sr. Roche. Ele a guardava na gaveta da escrivaninha. Tem alguma coisa por trás disso, eu diria, mas o quê, nós nunca saberemos.

Poirot assentiu com a cabeça.

O corpo havia sido levado para um quarto. A polícia agora se despedia. Poirot ficou parado na porta, observando-os partir. Um ruído fez com que ele se virasse. Harry Dalehouse estava atrás dele, muito próximo.

– O senhor tem, por acaso, uma lanterna potente, meu amigo? – perguntou Poirot.

– Sim, vou buscá-la para o senhor.

Quando voltou com a lanterna, Joan Ashby estava com ele.

– Vocês podem me acompanhar se quiserem – disse Poirot cortesmente.

Ele saiu pela porta da frente e virou à direita, parando diante da janela do escritório. Pouco menos de dois metros de gramado a separavam da passagem pavimentada. Poirot se agachou, iluminando a grama com a lanterna. Ele se levantou e balançou a cabeça.

– Não – ele disse –, ali não.

Então ele parou e lentamente seu corpo endureceu. Em cada lado do gramado havia um enorme canteiro de flores. A atenção de Poirot estava focada no canteiro do lado direito, cheio de ásteres silvestres e dálias. O facho estava direcionado para a frente do leito. Nítidas na terra macia, havia pegadas.

– Quatro pegadas – murmurou Poirot. – Duas na direção da janela, duas em sentido contrário.

– Um jardineiro – sugeriu Joan.

– Não, *mademoiselle*, não. Olhe bem. Estes sapatos são pequenos, delicados, de salto alto, sapatos femininos. Mademoiselle Diana mencionou ter estado no jardim. A senhorita sabe se ela desceu antes da senhorita, *mademoiselle*?

— Não me lembro. Eu estava com muita pressa porque o gongo tinha soado, e pensava já ter ouvido o primeiro. Acho que a porta do quarto dela estava aberta quando passei pelo corredor, mas não tenho certeza. A da sra. Lytcham Roche estava fechada, isso eu sei.

— Muito bem.

Alguma coisa em sua voz fez com que Harry levantasse os olhos repentinamente, mas Poirot estava apenas franzindo de leve as sobrancelhas para si mesmo.

Na porta de entrada, encontraram Diana Cleves.

— A polícia já foi – ela disse. – Está tudo terminado.

Ela suspirou profundamente.

— Posso pedir que a senhorita me conceda um dedo de prosa, *mademoiselle*?

Ela seguiu até um pequeno aposento e Poirot a seguiu, fechando a porta.

— E então? – ela parecia um pouco surpresa.

— Uma perguntinha, *mademoiselle*. A senhorita esteve esta noite, em algum momento, no canteiro de flores do lado de fora da janela do escritório?

— Sim – ela acenou com a cabeça. – Por volta das sete horas e mais uma vez quase na hora do jantar.

— Não estou entendendo – ele disse.

— Não creio que haja nada para "entender", como o senhor diz – ela disse friamente. – Estava colhendo uns ásteres para a mesa. Sempre faço o arranjo de flores. Isso foi por volta das sete.

— E depois? O que mais fez depois?

— Ah, sim! O que aconteceu foi que derrubei uma gota de óleo para o cabelo no meu vestido, bem aqui no ombro. Foi quando eu estava prestes a descer. Eu não queria trocar de vestido. Lembrei-me que tinha visto um botão de rosa no canteiro. Então fui correndo até lá, colhi-o e o prendi com um alfinete. Está vendo?

Ela chegou perto dele e levantou a rosa. Poirot viu a minúscula mancha de óleo. Ela permaneceu perto dele, seu ombro quase roçando no dele.

– E a que horas foi isso?

– Oh, por volta das oito e dez, acho.

– A senhorita não tentou entrar pela janela?

– Acho que tentei. Sim, pensei que seria mais rápido entrar pela janela. Mas estava trancada.

– Entendo – Poirot respirou profundamente. – E o tiro – ele disse –, onde a senhorita estava quando o ouviu? Ainda no canteiro de flores?

– Oh, não, isso foi uns dois ou três minutos depois, logo antes de eu entrar pela porta do lado.

– A senhorita sabe o que é isto, *mademoiselle*?

Na palma da mão de Poirot estava o pequeno botão de rosa de seda. Ela o examinou tranquilamente.

– Parece com um dos botões de rosa da minha bolsinha. Onde o senhor o achou?

– Estava no bolso do sr. Keene – disse Poirot causticamente. – A senhorita deu isso a ele, *mademoiselle*?

– Ele lhe disse que eu dei isso para ele?

Poirot sorriu.

– Quando foi que a senhorita deu isso para ele?

– Ontem à noite.

– Ele a advertiu para dizer isso, *mademoiselle*?

– O que o senhor quer dizer com isso? – ela perguntou furiosamente.

Mas Poirot não respondeu. Saiu da sala a passos largos e entrou na sala de visitas. Barling, Keene e Marshall estavam lá. Ele foi diretamente até eles.

– *Messieurs* – ele disse bruscamente –, os senhores podem me seguir até o escritório?

Saiu em direção ao saguão e se dirigiu a Joan e Harry.

– Vocês também, por favor. E alguém pode pedir para a madame descer? Muito obrigado. Ah! E aqui está o excelente Digby. Digby, uma perguntinha, uma perguntinha muito importante. A srta. Cleves fez um arranjo de ásteres antes do jantar?

O mordomo parecia espantado.

– Sim, senhor, fez.

– Você tem certeza?

– Certeza absoluta, senhor.

– *Très bien*. Agora, venham todos.

Dentro do escritório, ele os encarou.

– Pedi para que viessem aqui por uma razão. O caso está encerrado, a polícia já veio e já partiu. Eles disseram que o sr. Lytcham Roche se suicidou. Está tudo terminado – ele fez uma pausa. – Mas eu, Hercule Poirot, digo que não está terminado.

Enquanto os olhos chocados se voltavam para ele, a porta se abriu e a sra. Lytcham Roche entrou no aposento.

– Eu estava dizendo, madame, que este caso não está encerrado. É uma questão de psicologia. O sr. Lytcham Roche sofria de *manie de grandeur*, tinha para si que era um rei. Um homem assim não se mata. O sr. Lytcham Roche não se matou. – Fez uma nova pausa. – Ele foi assassinado.

– Assassinado? – Marshall deu uma risada curta. – Sozinho, numa sala com a porta e a janela trancadas?

– Ainda assim – disse Poirot resolutamente –, ele foi assassinado.

– E depois se levantou para trancar a porta ou fechar a janela, suponho – disse Diana sarcasticamente.

– Vou lhes mostrar uma coisa – disse Poirot, indo em direção à janela. Ele girou o trinco da janela de batentes e depois a puxou suavemente.

– Estão vendo, está aberta. Agora vou fechá-la, mas sem girar o trinco. Agora a janela está fechada, mas não trancada. Agora!

Ele deu um pequeno golpe e o trinco foi acionado, lançando o pino para dentro de seu buraco.

— Estão vendo? – disse Poirot suavemente. – Este mecanismo é muito fraco. Isso poderia ter sido feito pelo lado de fora facilmente.

Ele se virou de maneira austera.

— Quando o tiro foi disparado, às 8h12, havia quatro pessoas no saguão. Quatro pessoas têm um álibi. Onde estavam as outras três? A senhora, madame? Em seu quarto. E o senhor, *monsieur* Barling? Também estava em seu quarto?

— Estava.

— E a senhorita, *mademoiselle*, estava no jardim, como já admitiu.

— Eu não vejo... – começou Diana.

— Espere – ele se voltou para a sra. Lytcham Roche. – Diga-me, madame, a senhora tem alguma ideia de como o seu marido dividiu o dinheiro dele no testamento?

— Hubert o leu para mim. Ele disse que eu deveria saber. Ele me deixou três mil por ano, taxáveis sobre o espólio, e a casa de meu dote ou nossa casa na cidade, a que eu preferisse. Todo o resto ele deixou para Diana, na condição de que se ela se casasse o marido teria que assumir o nome da família.

— Ah!

— Mas depois ele acrescentou uma nova cláusula, algumas semanas atrás.

— Sim, madame?

— Ele ainda deixava tudo para Diana, mas com a condição de que ela se casasse com o sr. Barling. Se ela se casasse com qualquer outra pessoa, tudo ficaria para o seu sobrinho, Harry Dalehouse.

— Mas a cláusula adicional foi feita há poucas semanas – murmurou Poirot. – *Mademoiselle* pode não ter tomado conhecimento disso. – Ele avançou na direção dela de forma acusativa. – *Mademoiselle* Diana, a senhorita quer se casar com o capitão Marshall, não é? Ou com o sr. Keene?

Ela atravessou o ambiente e deu seu braço ao leal Marshall.

– Continue – ela disse.

– Erguerei o caso contra a senhorita, *mademoiselle*. A senhorita amava o capitão Marshall. A senhorita também ama o dinheiro. Seu pai adotivo jamais consentiria que a senhorita se casasse com o capitão Marshall, mas se ele morresse a senhorita estaria absolutamente certa de que herdaria tudo. Então a senhorita sai, caminha sobre o canteiro de flores até a janela que está aberta, leva consigo a arma que havia pegado de dentro da gaveta da escrivaninha. A senhorita vai até a sua vítima falando amavelmente. Atira. Deixa a arma perto da mão dele, depois de tê-la limpado e pressionado os dedos da vítima contra o cabo da mesma. A senhorita sai de novo, sacudindo a janela até que o pino caia. Entra em casa. Não foi isso o que aconteceu, *mademoiselle*?

– Não! – gritou Diana. – Não, não!

Ele a olhou e depois sorriu.

– Não – ele disse –, não foi assim. Poderia até ter sido, é plausível, é possível, mas não foi o que ocorreu por duas razões. A primeira é que a senhorita colheu os ásteres às sete horas; e a segunda razão deriva de algo que *mademoiselle* me disse há pouco.

Ele se virou para Joan, que o fitou espantada. Ele acenou com a cabeça para encorajá-la.

– Sim, *mademoiselle*. A senhorita me disse que desceu correndo as escadas porque pensou que o gongo soava pela segunda vez, visto que acreditava já ter ouvido a primeira batida.

Ele deu uma rápida olhadela ao redor do ambiente.

– Os senhores não veem o que isso significa? – ele gritou. – Os senhores não veem? Olhem! Olhem! – Ele foi num salto até a cadeira onde a vítima havia sentado. – Os senhores notaram como estava o corpo? Não estava posicionado corretamente em relação à mesa. Não. Estava de lado para ela, de frente para a janela. Essa é uma maneira natural de se cometer suicídio? *Jamais, jamais!* Você escreve o seu bilhete, "me desculpe", num pedaço de papel, abre a gaveta, tira a pistola, segura-a contra a sua cabeça e atira. É assim que se comete suicídio. Mas agora pensem em assassinato! A vítima está sentada em sua escrivaninha, o assassino está ao seu lado, conversando. E ainda conversando, atira. Para onde vai a bala? – Ele fez uma pausa. – Atravessa a cabeça, atravessa a porta se estiver aberta e, então, atinge o gongo.

"Ah! Os senhores começam a enxergar? Essa foi a primeira batida do gongo, que só foi ouvida pela *mademoiselle*, pois o seu quarto fica logo acima.

"O que o nosso assassino faz na sequência? Fecha a porta, e a tranca, coloca a chave no bolso do falecido, vira o corpo para o lado na cadeira, pressiona os dedos do falecido na arma e depois a posiciona sob sua mão, racha o espelho na parede como o grandioso toque final. Em resumo, 'constrói' o suicídio. Então sai pela janela, o pino é sacudido e volta para o seu lugar; o assassino pisa não na grama, onde as pegadas seriam evidentes, mas no canteiro de flores, onde elas podem ser aplainadas, eliminando os rastros. Depois volta para dentro de casa e, às 8h12, quando está sozinho na sala de visitas, dá um tiro de revólver pela janela da sala de visitas e corre para o saguão. Foi assim que o senhor agiu, sr. Geoffrey Keene?"

Fascinado, o secretário encarou o acusador que se aproximava dele. Então, com um grito rouco, ele desabou no chão.

– Creio que aí está a minha resposta – disse Poirot. – Capitão Marshall, o senhor poderia ligar para a polícia? – Ele se inclinou sobre a figura prostrada. – Acho que ele ainda estará inconsciente quando eles chegarem.

– Geoffrey Keene – murmurou Diana. – Mas que motivo ele poderia ter?

— Acho que como secretário ele tinha certas oportunidades, certo controle sobre as contas. Alguma coisa despertou as suspeitas do sr. Lytcham Roche. Ele mandou me chamar.

— Por que o senhor? Por que não a polícia?

— Eu creio, *mademoiselle*, que a senhorita pode responder a esta pergunta. *Monsieur* suspeitava que havia algo entre a senhorita e o sr. Keene. Para que seu pai não desconfiasse do seu relacionamento com o capitão Marshall, a senhorita flertava descaradamente com Geoffrey Keene. Tudo bem, a senhorita não precisa negar! O sr. Keene é informado sobre a minha vinda e resolve agir de imediato. A essência do seu plano é que o crime precisa ter ocorrido aparentemente às 8h12, quando ele tem um álibi. O único perigo é a bala, que deve estar caída em algum lugar perto do gongo e a qual ele não teve tempo de recolher. Quando estamos todos a caminho do escritório, ele a junta. O momento é tão tenso que ele acha que ninguém vai reparar. Mas eu, eu reparo em tudo! Pergunto a ele sobre isso. Ele reflete por um minuto e resolve fazer teatro! Ele insinua que o que ele havia pegado era o botão de rosa de seda, interpreta o papel do jovem apaixonado protegendo a mocinha que ama. Oh, ele foi muito esperto, e se a senhorita não tivesse colhido os ásteres...

— Eu não entendo, o que as flores têm a ver com isso?

— A senhorita não entende? Veja, havia apenas quatro pegadas no canteiro, mas quando a senhorita estava colhendo as flores deve ter feito muito mais que isso. Logo, entre o momento em que a senhorita estava colhendo as flores e o momento em que desceu para pegar o botão de rosa, alguém deve ter encoberto o canteiro. Não pode ter sido o jardineiro, nenhum jardineiro trabalha depois das sete. Então teria de ser alguém que tinha culpa no cartório. Só podia ser o assassino... Afinal, o assassinato foi cometido antes de o tiro ser ouvido pelos outros.

— Mas então por que ninguém ouviu o tiro de fato? – perguntou Harry.

— Um silenciador. Eles o encontrarão junto com o revólver, jogado no meio dos arbustos.

— Mas que enorme risco!

— Por que risco? Todos estavam no andar de cima se arrumando para o jantar. Era um ótimo momento. A bala era o único contratempo, e até isso, pensava ele, ninguém tinha percebido.

Poirot pegou a bala.

— Ele a jogou para perto do espelho quando eu estava examinando a janela com o sr. Dalehouse.

— Oh! – Diana voltou-se para Marshall. – Case-se comigo, John, e me leve embora.

Barling tossiu.

— Minha querida Diana, segundo os termos do testamento do meu amigo...

— Eu não me importo! – gritou a garota. – Nem que tenhamos que pintar calçadas.

— Não há necessidade de fazer isso – disse Harry. – Dividiremos tudo meio a meio, Di. Eu não vou embolsar tudo só porque o tio era maluco.

De repente, ouviu-se um grito. A sra. Lytcham Roche levantou-se de um salto.

— Sr. Poirot, o espelho... ele, ele deve tê-lo quebrado de propósito.

— Sim, madame.

— Oh! – ela o fitou. – Mas quebrar um espelho traz má sorte.

— De fato, trouxe má sorte ao sr. Geoffrey Keene – disse Poirot alegremente.

POIROT SEMPRE ESPERA

Lily Margrave alisou as luvas sobre os joelhos num gesto nervoso e lançou um olhar para o ocupante da grande poltrona à sua frente.

Ela ouvira falar de *Monsieur* Hercule Poirot, o famoso investigador, mas era a primeira vez que o via em carne e osso.

O aspecto cômico e quase ridículo que ele apresentava provocara um distúrbio na concepção que havia feito dele. Poderia esse homenzinho engraçado, com a cabeça em forma de ovo e o enorme bigode, realmente fazer as maravilhas que lhe atribuíam? No momento, aquilo de que se ocupava parecia a ela algo particularmente infantil. Ele empilhava pequenos blocos de madeira coloridos, um sobre o outro, e parecia bem mais interessado nos resultados da atividade do que na história que ela lhe contava.

No entanto, diante do silêncio súbito dela, ele a encarou agudamente.

– *Mademoiselle*, continue, por favor. Não pense que não lhe dou atenção, posso lhe garantir que é justamente o contrário.

Começou a empilhar os pequenos blocos novamente, um sobre o outro, enquanto a voz da garota retomava a história. Era uma história horripilante, uma história de violência e tragédia, mas a voz seguia tão calma e indiferente, o relato era tão conciso que qualquer coisa de humano parecia ter sido deixada de fora dele.

Por fim ela terminou.

– Espero – ela disse com ansiedade – que eu tenha esclarecido tudo.

Poirot, de modo enfático, assentiu diversas vezes com a cabeça. Derrubou os blocos de madeira com um golpe de mão, espalhando-os sobre a mesa, e, recostando-se na poltrona, as pontas dos dedos pressionadas umas contra as outras e os olhos no teto, começou a recapitular.

– *Sir* Reuben Astwell foi morto dez dias atrás. Na quarta-feira, anteontem, o sobrinho dele, Charles Leverson, foi preso pela polícia. As evidências contra ele são, até o presente momento, pelo que sabemos, e corrija-me, *mademoiselle*, se eu estiver errado, as seguintes: *Sir* Reuben ficou escrevendo até tarde em seu recanto especial, a sala da Torre. O sr. Leverson chegou tarde e entrou usando uma chave de trinco. A discussão que teve com o tio foi ouvida pelo mordomo, cujo quarto está posicionado exatamente embaixo da sala da Torre. A discussão terminou com um repentino e surdo baque, como se uma cadeira tivesse sido derrubada, seguido de um grito abafado.

"O mordomo ficou alarmado e pensou em se levantar para ver o que estava acontecendo, mas, alguns segundos depois, ouviu o sr. Leverson deixar o quarto, assobiando animadamente uma melodia, e assim tirou o assunto da cabeça. Na manhã seguinte, no entanto, uma criada descobriu o corpo de *Sir* Reuben junto à escrivaninha. Ele fora golpeado por algum tipo de instrumento pesado. O mordomo, suponho, ainda não contou sua versão da história para a polícia. Era de esperar, presumo. Não é verdade, *mademoiselle*?"

A pergunta abrupta fez Lily Margrave se assustar.

– O que foi que o senhor disse?

– Sempre esperamos que esse tipo de assunto seja tratado com humanidade, não é mesmo? – disse o homenzinho. – Enquanto a senhorita me fazia o seu relato, de modo tão admirável, tão conciso, transformava os atores deste drama em meras marionetes. Quanto a mim, porém, busco sempre os aspectos da natureza humana. Digo para meus botões que esse mordomo, como é mesmo o nome dele?

– Seu nome é Parsons.

– Esse Parsons, então, manterá os elementos característicos de sua classe, resistirá fortemente a revelar algo à polícia, dirá a eles o mínimo possível. Acima de tudo, não dirá nada que possa incriminar um membro da família. Um invasor, um assaltante, ele vai se aferrar a essa ideia com toda a força de uma extrema obstinação. Sim, a lealdade das classes servis é um interessante tema de estudo.

Radiante, ele voltou a se recostar.

– Nesse meio-tempo – continuou –, todos os moradores da casa já deram suas versões dos fatos, o sr. Leverson entre eles, e na versão dele o que consta é que chegou já tarde e foi dormir, sem ver o tio.

– Foi isso o que ele disse.

– E ninguém viu motivo para duvidar – refletiu Poirot –, excetuado, claro, Parsons. Então aparece um inspetor da Scotland Yard, inspetor Miller, a senhorita disse, não? Eu o conheço. Cruzei com ele uma ou duas vezes no passado. Ele é o que chamam de um sujeito arguto, um investigador, um farejador.

"Sim, eu o conheço! E o arguto inspetor Miller, bem, ele vê o que o inspetor local não tinha visto, que Parsons está ansioso e incomodado, e que sabe de alguma coisa que ainda não revelou. *Eh bien*, ele tem pouco trabalho com o Parsons. A essa altura, já está devidamente provado que ninguém invadiu a casa naquela noite, que o assassino deve ser procurado dentro e não fora da casa. E Parsons está infeliz e assustado e se sente mais do que aliviado de ter o segredo arrancado de si.

"Ele tinha dado o seu melhor para evitar um escândalo, mas há limites; e então o inspetor Miller escuta a história de Parsons, faz uma ou duas perguntas e logo passa a investigar por sua própria conta. O caso que ele montou é bastante forte, bastante forte.

"Havia marcas de dedos ensanguentados no canto do baú na sala da Torre, e as impressões digitais eram as de Charles Leverson. A criada disse a ele que esvaziara uma bacia de água ensanguentada no quarto do sr. Leverson na manhã seguinte ao crime. Ele explicou a ela que havia cortado o dedo, e ele tinha, de fato, um pequeno corte ali, mas um corte mínimo! O punho da manga de sua camisa havia sido lavado, mas eles encontraram manchas de sangue na manga de seu casaco. Ele estava precisando de dinheiro e seria beneficiado em testamento com a morte de *Sir* Reuben. Realmente, um caso muito bem-montado, *mademoiselle*."

Ele fez uma pausa.

– E ainda assim a senhorita veio me ver hoje.

Lily Margrave encolheu seus ombros delgados.

– Como eu disse, *Monsieur* Poirot, *Lady* Astwell me enviou.

– Então não teria vindo por sua própria vontade, não é?

O homenzinho lançou para ela um olhar perspicaz. A garota não respondeu.

– A senhorita não respondeu à minha pergunta.

Lily Margrave começou a alisar as luvas novamente.

– É bastante difícil para mim, *Monsieur* Poirot. Preciso considerar a minha lealdade a *Lady* Astwell. Indo direto ao ponto: sou apenas sua dama de companhia, mas ela sempre me tratou como se eu fosse uma filha ou uma sobrinha. Tem sido extraordinariamente gentil, e, quaisquer que sejam seus erros, eu não gostaria de adotar uma postura crítica em relação às ações dela, ou mesmo prejudicar o senhor no que diz respeito a assumir o caso.

– É impossível prejudicar Hercule Poirot, *cela ne se fait pas* – declarou alegremente. – Percebo que a senhorita acredita que *Lady* Astwell está dando importância demais ao assunto. Vamos, seja franca. Não é verdade?

– Bem, se eu devo dizer...

– Fale, *mademoiselle*.

– Acho que tudo não passa de uma grande bobagem.

– É o que lhe parece, então?

– Não quero falar mal de *Lady* Astwell...

– Compreendo – murmurou Poirot com suavidade. – Compreendo perfeitamente.

Seus olhos a incentivavam a prosseguir.

– Ela é realmente uma boa pessoa, e assustadoramente gentil, mas não é, como posso dizer, uma mulher educada. O senhor sabe que ela era uma atriz quando *Sir* Reuben casou com ela, e que ela também nutre toda sorte de preconceitos e superstições. Se diz alguma coisa, assim tem de ser, e ela simplesmente não ouvirá a voz da razão. O inspetor não foi muito diplomático com ela, e isso fez com que ela recuasse. Diz que é um absurdo suspeitarem do sr. Leverson e que isso era apenas mais um dos tantos erros que a polícia cometeria, e claro, para completar, que o querido Charles não tinha feito nada.

– Mas então ela não tem base para sua alegação, certo?

– Nenhuma.

– Rá! É mesmo? Veja só.

– Eu disse a ela – seguiu Lily – que não faria nenhum sentido vir até o senhor apenas com uma convicção sem qualquer embasamento.

– A senhorita lhe disse isso mesmo? – perguntou Poirot. – Isso é interessante.

Seus olhos, num relance rápido e abarcador, perscrutaram Lily Margrave, apreendendo os detalhes de seu traje preto e limpo, o toque em branco junto ao pescoço, e o elegante chapeuzinho preto. Pôde observar sua elegância, o belo rosto com o queixo levemente pontiagudo, além dos olhos de um azul profundo, de longas pestanas. De modo imperceptível, sua atitude mudou. Agora estava interessado não tanto pelo caso, mas pela garota sentada à sua frente.

– *Lady* Astwell, eu imagino, *mademoiselle*, não passa de uma pessoa desequilibrada e histérica?

Lily Margrave assentiu com entusiasmo.

– Isso a descreve perfeitamente. Ela é, como já lhe disse, muito gentil, mas é impossível discutir com ela ou tentar fazer com que veja as coisas de modo lógico.

– Talvez ela tenha o seu próprio suspeito – sugeriu Poirot –, um suspeito bastante absurdo.

– É isso exatamente o que está acontecendo – disse Lily com empolgação. – Ela desenvolveu uma profunda implicância em relação ao secretário de *Sir* Reuben, pobre homem. Ela diz *saber* que foi ele quem cometeu o crime, embora tenha sido provado, de maneira conclusiva, que o pobre Owen Trefusis não poderia tê-lo feito.

– E ela afirma isso sem quaisquer razões?

– Justamente. Tudo está baseado em suas intuições.

A voz de Lily Margrave adquirira um tom profundamente desdenhoso.

– Percebo, *mademoiselle* – disse Poirot, sorrindo –, que a senhorita não acredita em intuição?

– Não creio que faça nenhum sentido – respondeu Lily.

Poirot se recostou em sua poltrona.

– *Les femmes* – murmurou –, gostam de pensar que se trata de uma arma especial que o bom Senhor lhes deu, e para cada vez que essa arma lhes mostra o caminho certo, pelo menos nove vezes as conduz ao errado.

– Eu sei – disse Lily –, mas já lhe disse como é *Lady* Astwell. Simplesmente não se pode discutir com ela.

— Então, *mademoiselle*, sendo a senhorita sábia e discreta, veio até a mim como fora ordenada e buscou uma maneira de me pôr *au courant* da situação.

Algo em seu tom de voz fez a garota assumir um ar desafiador.

— Evidentemente – disse Lily, defendendo-se –, sei como o tempo do senhor é valioso.

— A senhorita é por demais lisonjeira, *mademoiselle* – disse Poirot –, mas neste momento, de fato, tenho muitos casos em minhas mãos.

— Temo que isso seja mesmo verdade – disse Lily, erguendo-se. – Comunicarei a *Lady* Astwell...

No entanto, Poirot não se levantou. Em vez disso, continuou sentado na poltrona e olhou a garota de baixo para cima.

— Está com pressa de ir embora, *mademoiselle*? Peço-lhe que se sente só mais um pouco.

Percebeu o sangue aflorar à face dela e depois a tonalidade voltar ao normal. Ela voltou a se sentar, vagarosamente e contra sua vontade.

— *Mademoiselle* é rápida e decidida – disse Poirot. – Deve ser mais condescendente com velhos como eu, que levam tempo para tomar suas decisões. A senhorita me entendeu mal, *mademoiselle*. Não disse que não iria ter com *Lady* Astwell.

— Então o senhor virá?

O tom de voz da garota era neutro. Não olhava para Poirot, mas para algum ponto no chão, desapercebida, assim, do agudo escrutínio com que era brindada.

— Diga a *Lady* Astwell que estou à sua inteira disposição. Estarei em... Mon Repos, não é isso?, nesta tarde.

Ele se ergueu. A garota acompanhou seu gesto.

— Eu... eu direi a ela. É ótimo que o senhor possa vir, *Monsieur* Poirot. Temo, no entanto, que o senhor descubra que embarcou numa expedição inútil.

– É provável, mas quem pode garantir?

Ele a viu sair com formalidade pela porta. Depois retornou para sua sala de estar, carrancudo, imerso em pensamentos. Uma ou duas vezes assentiu com a cabeça, então abriu a porta e chamou seu criado.

– Meu bom George, prepare-me, por favor, uma pequena valise. Estou indo para o interior nesta tarde.

– Muito bem, senhor – disse George.

Ele era o típico inglês. Alto, cadavérico e impassível.

– Uma jovem é um fenômeno interessantíssimo, George – disse Poirot, enquanto mais uma vez se deixava cair sobre a poltrona, acendendo um cigarro. – Especialmente, compreende, se é inteligente. Pedir para que uma pessoa faça alguma coisa e ao mesmo tempo predispô-la a não fazê-la... trata-se de uma delicada operação. Exige finura. Ela foi muito sagaz, ah, sim, muito sagaz, mas Hercule Poirot, meu bom George, é dono de uma inteligência um tanto excepcional.

– Já ouvi o senhor falar sobre isso, senhor.

– Não é o secretário que ela tem em mente – refletiu Poirot. – A acusação de *Lady* Astwell contra ele, ela trata com desprezo. Ao mesmo tempo, está ansiosa para que ninguém alerte os gansos. Eu, meu bom George, vou até lá acabar com esse sossego, quero pôr lenha na fogueira! Há algum drama por lá, em Mon Repos. Um drama humano, e isso me excita. Ela é sagaz, a espertinha, mas não sagaz o suficiente. Pergunto-me, pergunto-me, o que encontrarei por lá?

A voz de George, em tom de desculpa, rompeu a pausa dramática que havia sucedido às palavras do patrão.

– Devo colocar algum traje na mala, senhor?

Poirot olhou para ele com tristeza.

– Sempre concentrado, atento ao seu próprio trabalho. Você é muito bom para mim, George.

Quando o trem das 16h55 chegou à estação Abbots Cross, dele desembarcou *Monsieur* Hercule Poirot, vestido com muito asseio e afetação, os bigodes encerados ao extremo. Entregou seu bilhete, passou pelo posto e foi abordado por um chofer alto.

– *Monsieur* Poirot?

O homenzinho olhou para ele.

– Este é meu nome.

– Por aqui, senhor, por favor.

Abriu-lhe a porta de um enorme Rolls-Royce.

A casa ficava a cerca de três minutos da estação. O chofer desceu mais uma vez e abriu a porta do carro, e Poirot saiu. O mordomo aguardava com a porta da frente aberta.

Poirot lançou um olhar rápido e prazenteiro sobre a parte exterior da casa antes de entrar. Era grande, uma sólida mansão de tijolos vermelhos, sem pretensões de beleza, mas com um ar de conforto verdadeiro.

Poirot entrou no saguão. O mordomo discretamente recolheu seu chapéu e seu sobretudo, e então murmurou naquele tom grave e deferente só alcançado pelos melhores serviçais:

– A senhora o está esperando, senhor.

Poirot seguiu o mordomo pelas escadas acarpetadas. Este, sem dúvida, era Parsons, um serviçal extremamente bem-treinado, cujos modos, conforme o desejado, não afetavam emoção. No topo da escada, ele tomou a direita ao longo de um corredor. Passou por uma porta que conduzia a uma antessala e anunciou:

– *Monsieur* Poirot, *milady*.

A peça não era muito grande e estava tomada por móveis e bugigangas. Uma mulher, vestida de preto, ergueu-se de um sofá e veio rapidamente em direção a Poirot.

– *Monsieur* Poirot – ela disse com a mão esticada. Seus olhos correram ligeiros sobre a figura do dândi. Fez uma pausa por um minuto, ignorando a reverência do homenzinho sobre sua mão e o "Madame" murmurado, e então, soltando sua mão da dele após uma súbita e vigorosa pressão, exclamou:

– Acredito em homens pequenos! São os inteligentes.

– O inspetor Miller – murmurou Poirot – é, acredito, um homem alto?

– Ele não passa de um idiota arrogante – disse *Lady* Astwell. – Faria a gentileza de sentar aqui perto de mim, *Monsieur* Poirot?

Indicou-lhe o sofá e continuou:

– Lily fez o possível para me convencer a não chamá-lo, mas não cheguei a esta altura da vida sem saber o que era o melhor para mim.

– Uma grande conquista – disse Poirot, ao segui-la até o canapé.

Lady Astwell se acomodou confortavelmente entre as almofadas e se voltou para olhá-lo de frente.

– Lily é uma ótima menina – disse *Lady* Astwell –, mas acha que sabe tudo, e, de acordo com minha experiência, esse tipo de pessoa costuma estar errada. Não sou inteligente, *Monsieur* Poirot, nunca fui, mas acerto onde muitas pessoas erram. Acredito em *orientação*. Então, quer ou não quer que eu lhe diga quem é o assassino? Uma mulher sabe, *Monsieur* Poirot.

– A srta. Margrave sabe?

– O que ela lhe contou? – perguntou com aspereza *Lady* Astwell.

– Ela me comentou os fatos do caso.

– Os fatos? Ah, sim, e aposto que estão todos contra Charles, mas eu lhe digo, *Monsieur* Poirot, não foi ele. *Sei* que não foi ele!

Ela lhe disse aquilo com uma seriedade que era quase desconcertante.

– A senhora está convicta, *Lady* Astwell?

— Trefusis matou meu marido, *Monsieur* Poirot. Tenho certeza disso.

— Por quê?

— Por que ele o teria matado, ou por que tenho certeza de que foi ele? Vou lhe dizer uma coisa: eu simplesmente sei! Sou engraçada com essas coisas. Logo chego a uma ideia e me aferro a ela.

— O sr. Trefusis seria de alguma maneira beneficiado com a morte de *Sir* Reuben?

— Não lhe deixou sequer um centavo – retomou de imediato *Lady* Astwell. – Isso só demonstra que o caro Reuben ou não conseguia gostar dele, ou não podia confiar nele.

— Ele estava com *Sir* Reuben havia muito, então?

— Quase nove anos.

— Isso é um longo tempo – disse Poirot suavemente –, um tempo deveras longo para permanecer como empregado de um homem. Sim, o sr. Trefusis deve ter conhecido bem o seu empregador.

Lady Astwell encarou-o.

— Aonde o senhor quer chegar? Não vejo o que isso tem a ver com o assunto.

— Estou seguindo a trilha de uma pequena ideia que tive – disse Poirot. – Uma pequena ideia, nada interessante, talvez, mas original, no que diz respeito à questão.

Lady Astwell continuou a encará-lo.

— O senhor *é* muito inteligente, não? – ela perguntou, em um tom um pouco duvidoso. – É o que todos dizem.

Hercule Poirot riu.

— Talvez também a senhora devesse me brindar com esse elogio um dia desses, madame. Mas vamos voltar ao motivo. Fale-me agora sobre as pessoas da casa, as que estavam aqui no dia da tragédia.

— Charles, é claro.

— Ele era sobrinho de seu marido, pelo que sei, não da senhora.

— Sim, Charles era o filho único da irmã de Reuben. Ela se casara com um homem relativamente rico, mas então eles perderam tudo, uma dessas falências que costumam ocorrer no meio financeiro, e ele morreu, e também a esposa, e Charles veio morar conosco. Ele tinha 23 anos na época, e se preparava para ser advogado. Mas quando a situação piorou, Reuben levou-o para trabalhar no escritório.

— Charles era diligente no trabalho?

— Gosto de homens que seguem o andar da carruagem – disse *Lady* Astwell, com um gesto de aprovação. – Não, esse era justamente o problema, Charles *não* era um sujeito trabalhador. Passava o tempo inteiro brigando com seu tio por causa de alguma confusão ou outra coisa qualquer que tivesse aprontado. Não que o pobre Reuben fosse alguém de fácil convívio. Por várias vezes eu lhe disse que ele havia esquecido o que era ser jovem. Ele era bastante diferente naqueles tempos, *Monsieur* Poirot.

Lady Astwell lançou um suspiro diante da reminiscência.

— As mudanças precisam acontecer, madame – disse Poirot. – É a lei.

— Ainda assim – disse *Lady* Astwell – ele nunca foi verdadeiramente rude *comigo*. Ao menos, se ele chegava a sê-lo, sempre se desculpava mais tarde, o pobre e caro Reuben.

— Então ele era difícil, hein? – perguntou Poirot.

— Eu sempre achava uma maneira de lidar com ele – disse *Lady* Astwell, com um ar de domador de leões bem-sucedido. – Mas às vezes as coisas ficavam realmente complicadas quando ele perdia a paciência com os criados. Há maneiras de fazer isso, mas Reuben sempre escolhia as erradas.

— Exatamente como *Sir* Reuben deixou dividido seu dinheiro, *Lady* Astwell?

— Metade para mim, metade para Charles – respondeu prontamente *Lady* Astwell. – Os advogados não apresentam essa divisão assim de modo simples, mas é mais ou menos isso.

Poirot maneou a cabeça.

– Entendo... Entendo – ele murmurou. – Bem, agora, *Lady* Astwell, preciso que a senhora me descreva os moradores da casa. Há a senhora; o sobrinho de *Sir* Reuben, sr. Charles Leverson; o secretário, sr. Owen Trefusis; e também a srta. Lily Margrave. Talvez a senhora pudesse me falar um pouco mais sobre a jovem.

– O senhor quer saber sobre Lily?

– Sim, ela está com a senhora há muito tempo?

– Cerca de um ano. Tive uma série de secretárias-acompanhantes, sabe, mas de um modo ou de outro elas acabavam me dando nos nervos. Com Lily foi diferente. Ela é delicada e centrada e, além disso, tem uma ótima aparência. Gosto de ter um rostinho bonito perto de mim, *Monsieur* Poirot. Sou uma pessoa estranha; gosto ou desgosto de alguém logo no primeiro instante. Assim que pus os olhos nessa menina, disse para mim mesma: "Ela vai servir".

– Ela veio por indicação de amigos, *Lady* Astwell?

– Acho que ela respondeu a um anúncio. Sim, foi isso.

– Sabe alguma coisa sobre a família dela, de onde ela vem?

– Seus pais estão na Índia, acredito. Não sei muito sobre eles, mas num rápido olhar se pode dizer que Lily é uma dama, não é verdade, *Monsieur* Poirot?

– Ah, sim, perfeitamente, perfeitamente.

– Claro – prosseguiu *Lady* Astwell –, eu mesma não sou uma dama. Sei disso e a criadagem sabe disso, mas não mesquinha. Sei apreciar o que tem valor, e ninguém poderia ser mais gentil comigo do que Lily tem sido. Vejo-a quase como se fosse minha filha, *Monsieur* Poirot, de verdade.

Poirot esticou a mão direita e ajeitou alguns dos objetos que estavam sobre a mesa próxima.

– *Sir* Reuben também compartilhava desse sentimento? – ele perguntou.

Mantinha os olhos sobre as bugigangas, mas sem dúvida notou a pausa antes que *Lady* Astwell viesse com a resposta.

– Para um homem é diferente. É claro que eles... que eles se davam muito bem.

– Obrigado, madame – disse Poirot. Ele sorria por dentro. – E essas eram as únicas pessoas na casa naquela noite? Excetuando-se, claro, os criados.

– Ah, há ainda Victor.

– Victor?

– Sim, o irmão de meu marido, sabe, que também é seu sócio.

– Ele mora com vocês?

– Não, tinha acabado de chegar de visita. Nos últimos anos ele esteve na África Ocidental.

– África Ocidental – murmurou Poirot.

Ele já percebera que *Lady* Astwell era capaz de desenvolver um assunto sozinha se lhe fosse dado tempo suficiente.

– Dizem que é uma terra maravilhosa, mas me parece o tipo de lugar que tem um efeito terrível sobre um homem. Eles bebem demais e se tornam incontroláveis. Nenhum dos Astwells tem bom temperamento, e o comportamento de Victor, desde que ele voltou da África, tem sido simplesmente chocante. Por várias vezes ele já me deixou assustada.

– Ele assustou a srta. Margrave? – murmurou suavemente Poirot.

– Lily? Oh, não acredito que ele tenha tido muito contato com Lily.

Poirot tomou algumas notas em seu caderninho, depois colocou o lápis de volta na presilha e guardou o caderninho no bolso.

— Eu lhe agradeço, *Lady* Astwell. Agora, se puder, vou entrevistar Parsons.

— Quer que ele venha até aqui?

A mão de *Lady* Astwell avançou em direção à campainha. Poirot interrompeu rapidamente o gesto.

— Não, não, mil vezes não. Descerei para falar com ele.

— Se acha que assim é melhor...

Lady Astwell estava nitidamente desapontada por não poder participar da cena vindoura. Poirot adquiriu um ar de sigilo.

— É essencial – ele disse de forma misteriosa, e deixou *Lady* Astwell devidamente impressionada.

Encontrou Parsons na copa, polindo a prataria. Poirot deu início aos procedimentos com uma de suas mais cômicas reverências.

— Permita-me que me apresente – ele disse. – Sou um detetive.

— Sim, senhor – disse Parsons –, pudemos perceber.

Seu tom era respeitoso, mas indiferente.

— *Lady* Astwell mandou me buscar – continuou Poirot. – Ela não estava satisfeita; não, não estava nada satisfeita.

— Ouvi a senhora dizê-lo numa série de ocasiões – disse Parsons.

— De fato – disse Poirot –, estou lhe contando coisas que o senhor já sabe, não é mesmo? Então não percamos tempo com essas ninharias. Leve-me, se puder me fazer essa gentileza, até seu quarto e me diga exatamente o que o senhor ouviu na noite do assassinato.

O quarto do mordomo era no primeiro piso, contíguo à ala dos criados. Tinha janelas com barras, e um cofre ficava em um dos cantos da peça. Parsons indicou a cama estreita.

— Fui me recolher, senhor, às onze horas. A srta. Margrave já tinha ido deitar, e *Lady* Astwell estava com *Sir* Reuben na sala da Torre.

— *Lady* Astwell estava com *Sir* Reuben? Ah, prossiga.

— A sala da Torre, senhor, fica exatamente acima de onde estamos. Se as pessoas estão conversando por lá, podem ser ouvidos murmúrios, mas não o que é dito, naturalmente. Devo ter pegado no sono depois das onze e meia. Era meia-noite em ponto quando fui acordado pelo som da batida da porta da frente, o que só podia significar que o sr. Leverson havia retornado. Em seguida, ouvi passos no andar de cima e, alguns minutos depois, a voz do sr. Leverson falando com *Sir* Reuben.

"Tive o palpite então de que naquele momento, senhor, o sr. Leverson estava não diria propriamente bêbado, mas inclinado a ser um pouco indiscreto e barulhento. Gritava com o tio no limite de seus pulmões. Apanhei uma palavra aqui e outra ali, mas não o suficiente para compreender do que se tratava, e então houve um grito agudo e um baque pesado."

Sobreveio uma pausa, e Parsons repetiu as últimas palavras.

— Um baque pesado – ele disse, impressionado.

— Se não me engano é um baque *surdo* na maioria dos romances – murmurou Poirot.

— Talvez, senhor – disse Parsons com severidade. – Foi realmente um baque *pesado* o que ouvi.

— Mil perdões – disse Poirot.

— Não é necessário, senhor. Depois do baque, no silêncio, ouvi a voz do sr. Leverson dizer claramente, num registro alto: "Meu Deus", ele disse, "Meu Deus", assim como lhe repito, senhor.

Parsons, de sua primeira resistência em revelar a história, progredira a ponto de agora poder saboreá-la. Ele se considerava vigorosamente um narrador. Poirot entrou no jogo.

— *Mon Dieu* – ele murmurou. – Que emoção o senhor não deve ter experimentado!

— Sim, de fato, senhor – disse Parsons –, assim mesmo como o senhor disse. Não que eu tenha pensado muito nisso naquele momento. Mas me *ocorreu* perguntar se alguma coisa estava errada, e se não era melhor eu subir. Fui acender a luz, mas tive o azar de topar com uma cadeira.

"Abri a porta, segui até o saguão da criadagem e abri a outra porta que dava acesso a uma passagem. A escada dos fundos fica ali, e, enquanto eu estava nos primeiros degraus, hesitando, ouvi a voz do sr. Leverson lá em cima, falando com franqueza e doçura. 'Ninguém se machucou, por sorte', ele disse. 'Boa noite', e o escuto se afastar pelo corredor até seu quarto, assobiando.

"Claro que retornei imediatamente para a cama. Algum objeto deve ter caído, foi o que pensei. Eu lhe pergunto, senhor, dava para eu imaginar que *Sir* Reuben havia sido assassinado, com o sr. Leverson desejando boa noite e tudo mais?"

— O senhor tem certeza de que a voz que ouviu era a do sr. Leverson?

Parsons olhou para o pequeno belga compassivamente, e Poirot percebeu com total clareza que, certo ou errado, o juízo de Parsons quanto a essa questão já estava estabelecido.

— Há mais alguma coisa que o senhor queira me perguntar?

— Só mais uma – disse Poirot. – O senhor gosta do sr. Leverson?

— Como, senhor?

— É uma pergunta simples. O senhor gosta do sr. Leverson?

Parsons, surpreso num primeiro momento, agora parecia constrangido.

— A opinião geral dos serviçais, senhor – ele disse e fez uma pausa.

— Bem – disse Poirot –, expresse-a assim se lhe agrada.

— Senhor, a opinião é de que o sr. Leverson é um jovem generoso, mas não, se me permite dizê-lo, um cavalheiro particularmente inteligente.

— Ah! – disse Poirot. – Sabe, Parsons, que mesmo sem tê-lo visto ainda, esta também é precisamente a minha opinião sobre o sr. Leverson.

— É mesmo, senhor?

— Qual é a sua opinião, digo, qual é a opinião dos serviçais sobre o secretário?

— Ele é um cavalheirro calmo, paciente, senhor. Preocupado em evitar qualquer problema.

— *Vraiment* – disse Poirot.

O mordomo tossiu.

— A senhora, senhor – ele murmurou –, costuma ser um tanto apressada em seus julgamentos.

— Então, na opinião dos serviçais, o sr. Leverson cometeu o crime?

— Nenhum de nós gostaria de pensar que foi o sr. Leverson – disse Parsons. – Nós... Bem, francamente, não pensávamos que ele fosse capaz de uma coisa dessas, senhor.

— Mas ele tinha um temperamento um pouco violento, não? – perguntou Poirot.

Parsons se aproximou dele.

— Se está perguntando quem tinha o temperamento mais violento da casa...

Poirot ergueu uma mão.

— Ah! Mas essa não é a pergunta que eu faria – ele disse com suavidade. – Minha pergunta seria, quem tem o melhor temperamento?

Parsons o encarou boquiaberto.

Poirot não perdeu mais tempo com ele. Com uma reverência amável – ele sempre era amável – deixou o quarto e vagou pelo enorme saguão de Mon Repos.

Ficou por ali durante um ou dois minutos com seus pensamentos, então, a um som sutil que chegou até ele, virou a cabeça para um dos lados à maneira de um tordo empertigado, e finalmente, com passos surdos, atravessou uma das portas que conduziam para fora do saguão.

Parou na soleira, olhando para a peça; uma sala pequena decorada como uma biblioteca. Numa enorme escrivaninha, no canto mais afastado da peça, estava sentado um jovem magro e pálido, escrevendo. Tinha um queixo retraído e usava um pincenê.

Poirot o observou por alguns minutos e então rompeu o silêncio com uma tosse completamente artificial e teatral.

— A-ham! – tossiu Hercule Poirot.

O jovem parou de escrever e virou a cabeça. Não parecia excessivamente surpreso, mas uma expressão de perplexidade tomou conta de sua face ao avistar Poirot.

O último se aproximou com uma mesura.

— Tenho a honra de falar com *Monsieur* Trefusis, estou certo? Ah, meu nome é Poirot, Hercule Poirot. Talvez já tenha ouvido falar de mim.

— Oh, sim, sim, certamente – disse o jovem.

Poirot o encarou atentamente.

Owen Trefusis tinha cerca de 33 anos, e o detetive reparou de pronto por que ninguém estava disposto a levar a sério a acusação de *Lady* Astwell. O sr. Owen Trefusis era um jovem afetado e distinto, irresistivelmente meigo, o tipo de homem que pode ser, e é, sistematicamente intimidado. Qualquer um poderia ter certeza de que ele jamais conseguiria demonstrar ressentimento.

— *Lady* Astwell mandou buscá-lo, é claro – disse o secretário. – Ela anunciou que ia fazê-lo. Existe alguma coisa que eu possa fazer para ajudá-lo?

Seus modos eram polidos sem serem efusivos. Poirot aceitou uma cadeira e murmurou cortesmente:

— *Lady* Astwell chegou a lhe mencionar suas opiniões e suspeitas?

Owen Trefusis sorriu de leve.

— Até onde sei – ele disse –, ela suspeita de mim. É um absurdo, mas é isso. Ela mal me dirigiu uma palavra cortês desde a morte de *Sir* Reuben, e se encolhe contra a parede ao me ver passar.

Sua postura era perfeitamente natural, e havia mais diversão que ressentimento em sua voz. Poirot assentiu com a cabeça, com um ar de simpática franqueza.

— Cá entre nós – ele esclareceu –, ela me disse a mesma coisa. Não discuti com ela. Há muito que estabeleci uma regra: jamais discutir com uma dama convicta. O senhor entende, é pura perda de tempo.

— De fato.

— Eu digo, sim, madame, oh, perfeitamente, madame, *précisément*, madame. Essas palavras não significam nada, mas agradam da mesma maneira. Faço minhas investigações, e embora pareça quase impossível que alguém exceto *Monsieur* Leverson possa ter cometido o crime, ainda assim, bem, o impossível já aconteceu outras vezes.

— Entendo perfeitamente a sua posição – disse o secretário. – Por favor, saiba que estou inteiramente à sua disposição.

— *Bon* – disse Poirot. – Vejo que nos entendemos. Agora me ponha a par dos acontecimentos daquela noite. Melhor começar pelo jantar.

— Leverson não estava presente, como o senhor, sem dúvida, sabe – disse o secretário. – Ele tinha tido um sério desentendimento com o tio e saiu para jantar no Golf Club. *Sir* Reuben estava de péssimo humor em função disso.

— Não muito amável, *ce Monsieur*, hein? – sugeriu Poirot com delicadeza.

Trefusis sorriu.

– Oh! Ele era um tártaro! Eu não teria trabalhado nove anos com ele se não conhecesse cada detalhe do seu comportamento. Era um homem extraordinariamente difícil de se lidar, *Monsieur* Poirot. Podia ter um surto de fúria infantil e maltratar qualquer um que se aproximasse dele.

"Àquela altura, eu já estava acostumado a isso. Desenvolvi o hábito de não prestar a menor atenção às coisas que ele dizia. No fundo, ele não tinha um coração mau, mas podia se comportar de maneira estúpida e exasperadora. A melhor coisa a fazer era nunca retrucá-lo."

– Havia outras pessoas aqui tão sábias quanto o senhor a esse respeito?

Trefusis encolheu os ombros.

– *Lady* Astwell aguentou bastante – ele disse. – Ela não sentia um pingo de medo de *Sir* Reuben, e ela sempre soube suportar as crises. No final, eles sempre se entendiam, e *Sir* Reuben realmente tinha muita afeição por ela.

– Eles chegaram a discutir naquela noite?

O secretário olhou-o de soslaio, hesitou por um minuto, e então disse:

– Creio que sim; qual o motivo da pergunta?

– Uma ideia, nada de mais.

– Não posso garantir, claro – explicou o secretário –, mas pelo modo como as coisas estavam isso era o mais provável.

Poirot não insistiu no tópico.

– Quem mais estava no jantar?

– A srta. Margrave, o sr. Victor Astwell e eu.

– E depois?

– Fomos para a sala de visitas. *Sir* Reuben não nos acompanhou. Cerca de dez minutos depois ele apareceu e me destratou por uma banalidade qualquer a respeito de uma carta. Subi com ele até a sala da Torre e arrumei o que era necessário; então Victor Astwell entrou e disse que tinha algo que queria tratar com o irmão, então eu desci e me juntei às duas damas.

"Cerca de quinze minutos depois, ouvi a sineta de *Sir* Reuben soar violentamente, e Parsons surgiu para dizer que eu deveria ter imediatamente com *Sir* Reuben. Ao entrar no quarto, o sr. Victor Astwell estava saindo. Ele quase me derrubou. Alguma coisa acontecera para deixá-lo perturbado daquele jeito. Ele tinha um temperamento violento. Penso mesmo que ele nem chegou a me ver."

– *Sir* Reuben chegou a comentar alguma coisa?

– Ele disse: "Victor é um lunático; ele ainda fará uma bobagem contra alguém num desses seus acessos de fúria".

– Ah! – disse Poirot. – O senhor sabe sobre o que eles discutiram?

– Não faço a mais vaga ideia.

Poirot moveu sua cabeça com extremo vagar e olhou para o secretário. Aquelas últimas palavras haviam sido pronunciadas de um modo bastante apressado. Estava convencido de que Trefusis poderia ter dito mais alguma coisa se assim o quisesse. Mas novamente não forçou a questão.

– E depois? Continue, por favor.

– Trabalhei com *Sir* Reuben por cerca de uma hora e meia. Às onze, *Lady* Astwell entrou, e *Sir* Reuben me disse que eu poderia me recolher.

– E foi o que o senhor fez?

– Sim.

– Faz alguma ideia de quanto tempo ela ficou com ele?

– Não. O quarto dela fica no primeiro piso, e o meu, no segundo, de modo que não poderia escutar a hora em que ela foi para a cama.

– Entendo.

Poirot assentiu com a cabeça umas duas vezes e se pôs de pé.

– E agora, *monsieur*, leve-me até a sala da Torre.

Ele seguiu o secretário pela ampla escadaria para o piso superior. Ali Trefusis o conduziu ao longo do corredor, e através de uma porta acarpetada ao final do percurso, que dava para a escada dos criados e para um curto corredor que terminava numa porta. Ao cruzar essa porta, encontraram-se na cena do crime.

Era um quarto alto, duas vezes mais alto que qualquer um dos outros, e deveria ter aproximadamente nove metros quadrados. Espadas e azagaias adornavam as paredes, e muitas curiosidades nativas estavam dispostas sobre mesas. No canto oposto, sob o vão da janela, havia uma grande escrivaninha. Poirot se dirigiu direto para ela.

– *Sir* Reuben foi encontrado aqui?

Trefusis assentiu.

– Acertaram-no por trás, creio?

Mais uma vez o secretário assentiu.

– O crime foi cometido com um desses porretes nativos – ele explicou. – Um objeto extremamente pesado. A morte deve ter ocorrido de modo praticamente instantâneo.

– O que reforça a ideia de que o crime não foi premeditado. Uma rusga feia, e uma arma apanhada quase inconscientemente.

– Sim, isso só piora a situação do pobre Leverson.

– E o corpo foi encontrado debruçado sobre a mesa?

– Não, ele deslizou de lado e foi parar no chão.

– Ah – disse Poirot –, isso é curioso.

– Por que curioso? – perguntou o secretário.

– Por causa disso.

Poirot apontou para uma marca redonda e irregular sobre o tampo polido da escrivaninha.

– Isto é uma marca de sangue, *mon ami*.

– É possível que tenha espirrado ali – sugeriu Trefusis –, ou talvez tenha sido feita depois, quando removeram o corpo.

— É bem possível, bem possível — disse o homenzinho. — Há apenas uma porta para este cômodo?

— Há uma escada em espiral aqui.

Trefusis afastou uma cortina de veludo num dos cantos da peça, junto à porta, revelando uma pequena escada que levava para um patamar superior.

— Este lugar foi originalmente construído por um astrônomo. A escada conduz para a torre onde o telescópio fora instalado. *Sir* Reuben transformou o local num quarto, e algumas vezes dormia ali quando trabalhava até tarde.

Poirot subiu com agilidade os degraus. O quarto circular escada acima estava mobiliado de maneira simples, com um catre, uma cadeira e uma penteadeira. Poirot ficou satisfeito ao ver que não havia nenhuma outra saída, e então voltou a descer, indo de encontro a Trefusis, que o esperara no mesmo lugar.

— O senhor escutou o sr. Leverson entrar? — ele perguntou.

Trefusis negou com a cabeça.

— Já estava ferrado no sono.

Poirot assentiu. Olhou devagar ao redor do quarto.

— *Eh bien*! — ele disse por fim. — Não creio que haja alguma coisa ainda por aqui, a não ser que... O senhor poderia me fazer a gentileza de puxar as cortinas?

Obedientemente, Trefusis puxou as pesadas cortinas negras que cobriam a janela no lado oposto da peça. Poirot acendeu a luz encoberta por um globo de alabastro que pendia do teto.

— Há alguma luz de escrivaninha?

Como resposta o secretário acionou uma poderosa lâmpada, coberta por uma pantalha verde, que ficava sobre a escrivaninha. Poirot apagou a luz de cima, depois voltou a acendê-la e então a apagou.

— *C'est bien*! Terminei aqui.

— O jantar será servido às sete e meia — murmurou o secretário.

— Eu lhe agradeço, *Monsieur* Trefusis, por toda a sua gentileza.

— Não por isso.

Poirot percorreu o corredor até chegar ao quarto que lhe fora reservado. O inescrutável George estava ali, organizando as coisas de seu patrão.

— Meu bom George — ele disse de pronto —, espero que possa conhecer na hora do jantar um certo cavalheiro que começa a me intrigar enormemente. Um homem que veio dos trópicos, George. Com um temperamento tropical, conforme dizem. Um homem de quem Parsons tentou me falar, e que Lily Margrave sequer mencionou. O finado *Sir* Reuben já tinha um temperamento difícil, George. Suponha que um homem como esse entre em contato com outro cujo temperamento é ainda pior, o que me diz disso? Está criado o circo, não?

— "Armado o circo" é a expressão correta, senhor, e nem sempre essas coisas são assim.

— Não?

— Não, senhor. Veja o caso da minha tia Jemima, senhor, dona de uma língua das mais ferinas, maltratou uma de suas pobres irmãs que vivia com ela, fez algo realmente chocante. Quase tirou a vida da coitada. Mas qualquer um que aparecesse perto dela e que a enfrentasse, bem, aí as coisas eram bem diferentes. O que ela não podia suportar era a subserviência.

— A-ha! — disse Poirot. — Isso é realmente sugestivo...

George deixou escapar uma tosse como para se desculpar.

— Há mais alguma coisa que eu possa fazer para ajudá-lo, senhor? — perguntou com delicadeza.

— Certamente — disse Poirot de imediato. — Descubra para mim a cor do vestido que a srta. Lily Margrave vestiu naquela noite, e qual camareira que a atendeu.

George recebeu essas ordens impassível como de costume.

— Muito bem, senhor, pela manhã terei as informações que solicitou.

Poirot ergueu-se do assento e ficou observando o fogo.

— Você me foi muito útil, George – ele murmurou. – Sabe que não me esquecerei de sua tia Jemima?

No fim das contas, Poirot não viu Victor Astwell naquela noite. Por telefone chegou uma mensagem dando conta de que ele ficara detido em Londres.

— Ele cuida das questões de negócio do seu finado marido, não é? – perguntou Poirot a *Lady* Astwell.

— Victor é um dos sócios – ela explicou. – Foi para a África em busca de umas concessões de minério para a firma. Era *mineração*, não era, Lily?

— Sim, *Lady* Astwell.

— Minas de ouro, acho, ou talvez cobre, ou estanho? Lily, você deve saber, pois estava sempre fazendo perguntas sobre isso ao Reuben. Oh, tenha cuidado, querida, ou acabará derrubando esse vaso!

— Está um calor horrível aqui dentro com esse fogo – disse a garota. – Será que... Será que posso abrir a janela por um instante?

— Fique à vontade, querida – disse *Lady* Astwell placidamente.

Poirot acompanhou a garota com os olhos enquanto ela se dirigia até a janela para abri-la. Ela ficou por ali alguns instantes respirando o ar gelado da noite. Quando retornou e se sentou em sua cadeira, Poirot lhe perguntou de modo polido:

— Então *mademoiselle* está interessada em minas?

— Oh, para dizer a verdade não – disse a garota com indiferença. – Eu escutava o que *Sir* Reuben dizia, mas não sei nada sobre o assunto.

— Então a senhorita fingia muito bem – disse *Lady* Astwell. – Pobre Reuben, de fato ele pensava que a senhorita tinha interesses ocultos ao fazer todas aquelas perguntas.

Os olhinhos do detetive não deixaram de mirar o fogo, o qual olhava de modo fixo, mas, apesar disso, não deixou de reparar no súbito rubor de vergonha que tomou a face de Lily Margrave. Habilmente, ele mudou o foco da conversa. Quando chegou a hora do boa-noite, Poirot disse à sua anfitriã:

— Posso ter uma palavrinha com a senhora, madame?

Lily Margrave desapareceu discretamente. *Lady* Astwell olhou de modo inquiridor para o detetive.

— A senhora foi a última pessoa a ver *Sir* Reuben com vida naquela noite?

Ela assentiu. Lágrimas lhe brotaram dos olhos, e ela apressadamente levou um lenço com bordas negras até eles.

— Ah, não se aflija, por favor, não se aflija.

— Está tudo bem, *Monsieur* Poirot, é que não posso evitar.

— Sou triplamente imbecil por aborrecê-la dessa maneira.

— Não, por favor. Prossiga. O que o senhor estava dizendo?

— Era por volta das onze, imagino, quando a senhora foi até a sala da Torre e *Sir* Reuben dispensou o sr. Trefusis, correto?

— Creio que sim.

— Por quanto tempo ficou com ele?

— Faltavam quinze minutos para a meia-noite quando fui para o meu quarto; lembro de ter dado uma olhada no relógio.

— *Lady* Astwell, a senhora poderia me dizer qual foi o teor da conversa que teve com o seu marido?

Lady Astwell desabou no sofá e não conseguiu mais se conter. Seus soluços eram vigorosos.

– Nós, bri-bri-brigamos – ela lamentou.

– Por que motivo? – a voz de Poirot era lisonjeira, quase terna.

– Uma po-porção de coisas. Co-me-me-meçou por causa de Lily. Reuben desenvolveu uma antipatia por ela, sem nenhum motivo, e disse que a surpreendera mexendo em seus papéis. Ele queria mandá-la embora, e eu lhe disse que ela era uma boa menina e que eu não permitiria. E então ele começou a gri-gritar comigo, mas eu não estava disposta a aturar aquilo, então eu disse o que pensava dele.

"Não que eu pensasse aquilo mesmo, *Monsieur* Poirot. Ele disse que havia me tirado da sarjeta ao se casar comigo, aí eu disse: 'Ah, mas o que isso tem a ver com o assunto?' Jamais poderei me perdoar. O senhor sabe como é, *Monsieur* Poirot, eu sempre dizia que uma boa briga ajuda a renovar as coisas, mas como eu poderia saber que alguém ia matá-lo naquela mesma noite? Coitado do velho Reuben."

Poirot escutara com simpatia aquela explosão.

– Causei-lhe sofrimento – ele disse. – Peço perdão. Sejamos agora pragmáticos, práticos e precisos. A senhora continua aferrada à ideia de que o sr. Trefusis matou seu marido?

Lady Astwell se pôs de pé.

– O instinto de uma mulher, *Monsieur* Poirot – ela disse em tom solene –, jamais mente.

– Exatamente, exatamente – disse Poirot. – Mas quando ele cometeu o crime?

– Quando? Depois que eu o deixei, é claro.

– A senhora deixou *Sir* Reuben faltando quinze para a meia-noite. Às cinco para a meia-noite, o sr. Leverson chegou. Nesse intervalo de dez minutos a senhora diz que o secretário entrou no quarto dele e o matou?

— É perfeitamente possível.

— Diversas coisas são possíveis – disse Poirot. – O crime pode ter sido praticado em dez minutos. Ah, sim. Mas foi mesmo?

— É claro que ele *diz* que estava deitado e já adiantado no sono – disse *Lady* Astwell –, mas quem pode saber se isso é verdade ou não?

— Ninguém o viu por ali – lembrou-a Poirot.

— Todos já estavam deitados e pregados no sono – disse *Lady* Astwell com um ar triunfante. – É óbvio que ninguém o viu.

— Curioso – disse Poirot para si mesmo.

Houve uma breve pausa.

— *Eh bien, Lady* Astwell, desejo-lhe boa noite.

George depôs uma bandeja com o café matinal de seu patrão ao lado da cama.

— A srta. Margrave, senhor, vestia um traje de *chiffon* verde-claro na noite em questão.

— Obrigado, George. Você é de extrema confiança.

— A terceira camareira é a encarregada da srta. Margrave, senhor. O nome dela é Gladys.

— Obrigado, George. Você é insubstituível.

— Não por isso, senhor.

— É uma linda manhã – disse Poirot, olhando através da janela –, e ninguém deve estar de pé assim tão cedo. Creio, meu bom George, que teremos a sala da Torre à nossa disposição para um pequeno experimento.

— Precisará de mim, senhor?

— O experimento – disse Poirot – não será doloroso.

As cortinas ainda estavam puxadas na sala da Torre ao chegarem lá. George estava a ponto de arriá-las quando foi detido por Poirot.

— Vamos deixar a sala como está. Acenda apenas a lâmpada da escrivaninha.

O criado obedeceu.

— Agora, meu bom George, sente-se naquela cadeira. Faça de conta que está escrevendo. *Très bien.* Quanto a mim, apanho o porrete, posiciono-me às suas costas e então o acerto na parte de trás da cabeça.

— Sim, senhor — disse George.

— Ah — disse Poirot —, mas quando eu acertá-lo, não continue a escrever. Você entende que não tenho como agir com exatidão. Não posso acertá-lo com a mesma força que o assassino usou com *Sir* Reuben. Quando chegar a essa parte, teremos que fazer uma encenação. Eu desfiro um golpe na sua cabeça, e depois você desaba. Os braços bem relaxados, o corpo solto. Deixe-me ajeitá-lo. Mas não, não contraia os músculos.

Ele deixou escapar um suspiro de exasperação.

— Você é admirável quando o assunto é passar uma calça, George — ele disse —, mas sua capacidade imaginativa deixa a desejar. Levante-se e deixe-me assumir o seu lugar.

Poirot fez a volta e se sentou à escrivaninha.

— Estou escrevendo — ele declarou — de modo concentrado. Você surge atrás de mim, golpeia-me a cabeça com o porrete. Bum! A caneta voa de meus dedos, eu caio para frente, mas não muito para frente, pois a cadeira é baixa e a escrivaninha é alta, e, principalmente, meus braços me sustentam. Faça a gentileza, George, de retornar até a porta, fique ali parado e me diga o que vê.

— Sim!

— Sim, George? — ele disse, de modo encorajador.

— Eu o vejo, senhor, sentado à escrivaninha.

— Sentado à escrivaninha?

— É um pouco difícil de enxergar perfeitamente, senhor — explicou George —, assim de longe, ainda mais com a lâmpada tão escondida pela pantalha. E se eu puder acender esta luz, senhor?

Sua mão se estendeu em direção ao interruptor.

– De jeito nenhum – disse Poirot bruscamente. – Devemos seguir a reconstituição de modo exato. Aqui estou eu, inclinado sobre a escrivaninha, e aí está você, parado junto à porta. Avance agora, George, avance, e ponha a mão no meu ombro.

George obedeceu.

– Incline-se um pouco sobre mim, George, para se fixar sobre seus pés, por assim dizer. Ah! *Voilà*.

O corpo amolecido de Poirot deslizou para o lado de modo artístico.

– Eu realmente desabei! – ele observou. – Sim, isto foi realmente bem-pensado. Há agora algo mais importante a ser feito.

– É mesmo, senhor? – perguntou o criado.

– Sim, é preciso que eu tome um bom café da manhã.

O homenzinho riu com gosto de sua própria piada.

– O estômago, George, não pode ser ignorado.

George manteve um silêncio reprovador. Poirot desceu as escadas às gargalhadas, feliz consigo mesmo. Estava satisfeito com o rumo que as coisas tomavam.

Depois do café da manhã ele conheceu Gladys, a terceira camareira. Estava bastante interessado no que ela podia lhe contar a respeito do crime. Ela nutria simpatia por Charles, embora não tivesse dúvida de sua culpa.

– Coitado do jovem cavalheiro, senhor, parece duro, parece mesmo, mas ele devia estar fora de si naquele momento.

– Ele e a srta. Margrave devem se dar bem – sugeriu Poirot. – Afinal, são os dois únicos jovens na casa.

Gladys balançou a cabeça.

– Ela sempre o tratou com frieza. Não queria qualquer envolvimento, e sempre deixou isso bem claro.

– Ele teve uma queda por ela, não?

– Ah, coisa passageira, por assim dizer; não há nenhum mal nisso, senhor. Já o sr. Victor Astwell está realmente assediando a srta. Lily.

Ela deu uma risadinha.

– *Ah, vraiment.*

Gladys voltou a rir.

– Ele está verdadeiramente apaixonado por ela. A srta. Lily parece mesmo um lírio*, não acha, senhor? Tão alta e os cabelos de uma adorável tonalidade dourada.

– Ela deveria usar um vestido de noite verde – refletiu Poirot. – Há uma certa tonalidade de verde...

– Ela tem um, senhor – disse Gladys. – Claro, ela não pode usá-lo agora, sendo ainda manhã, mas ela usava um bem assim na noite em que *Sir* Reuben morreu.

– Deve ser um verde-claro, não um verde-escuro – disse Poirot.

– É um verde-claro, senhor. Se puder esperar um minuto eu o mostro para o senhor. A srta. Lily acaba de sair com os cachorros.

Poirot assentiu. Ele sabia tão bem disso quanto Gladys. De fato, foi somente após ter certeza de que Lily estava a uma distância segura da casa que ele tinha ido procurar a camareira. Gladys saiu apressada e retornou alguns minutos mais tarde com o vestido de noite verde-claro suspenso em um cabide.

– Maravilhoso – exclamou Poirot, unindo as mãos em admiração. – Permita-me vê-lo na luz por um momento.

Tomou o vestido de Gladys, deu as costas para ela e se dirigiu à janela. Debruçou-se sobre ele e então o estendeu pelos braços.

– É perfeito – ele declarou. – Perfeitamente estonteante. Muitíssimo obrigado por me mostrá-lo.

---

* *Lily* em inglês significa lírio. (N.T.)

— Não por isso, senhor – disse Gladys. – Sabemos que os homens franceses se interessam por vestidos femininos.

— A senhora é muito gentil – murmurou Poirot.

Observou-a se afastar mais uma vez e às pressas com o vestido. Então baixou os olhos para as suas mãos e sorriu. Na direita trazia uma tesourinha de unha, na esquerda um nítido pedaço do *chiffon* verde.

— E agora – murmurou –, à parte ousada.

Retornou para os seus aposentos e chamou George.

— Na penteadeira, meu bom George, você verá um milagre. Pegue o alfinete de gravata.

— Sim, senhor.

— No lavabo há uma solução de ácido carbólico. Peço-lhe a gentileza de mergulhar a ponta do alfinete na solução.

George fez o que lhe foi pedido. Havia muito deixara de se surpreender com as excentricidades de seu patrão.

— Está feito, senhor.

— *Très bien*! Agora se aproxime. Aqui está o meu indicador; crave a ponta do alfinete nele.

— Perdão, senhor, mas o senhor quer que eu lhe crave o alfinete?

— Mas claro. É exatamente isso o que desejo. Você precisa cravar até sair sangue, mas não muito.

George tomou o dedo do patrão. Poirot fechou os olhos e se inclinou para trás. O empregado enterrou o alfinete de gravata no dedo de Poirot, que deixou escapar um grito agudo.

— *Je vous remercie*, George – ele disse. – O que você fez é suficiente.

Puxando um pedacinho de *chiffon* verde do bolso, envolveu vivazmente o dedo nele.

— A operação produziu um milagre – ele observou, acompanhando o resultado. – Você não está curioso, George? Veja, é admirável!

O empregado recém lançara um olhar pela janela.

– Desculpe-me, senhor – ele murmurou –, um cavalheiro acaba de chegar num grande carro.

– A-ha! – disse Poirot, colocando-se rapidamente de pé. – O esquivo sr. Victor Astwell. Vou descer e me apresentar.

Poirot estava predestinado a ouvir o sr. Victor Astwell um pouco antes de vê-lo. Uma voz poderosa ecoou pelo saguão.

– Preste atenção no que está fazendo, seu idiota duma figa! Há vidro dentro da pasta. Para o diabo que o carregue, Parsons, saia da minha frente! Solte-a, seu cretino!

Poirot desceu as escadas com agilidade. Victor Astwell era um homem grande. Poirot o saudou com uma respeitosa reverência.

– Quem diabos é você? – bramiu o homenzarrão.

Poirot fez uma nova mesura.

– Sou Hercule Poirot.

– Por Deus! – disse Victor Astwell. – Então, depois de tudo, Nancy mandou buscá-lo, não é mesmo?

Ele pousou uma mão sobre o ombro de Poirot e o conduziu para a biblioteca.

– Então você é o sujeito de que tanto falavam – ele observou, olhando-o de cima a baixo. – Perdoe-me por meu linguajar de há pouco. Esse meu motorista é uma besta, e Parsons sempre me tira do sério, com essa alegria de velho cretino. Não consigo suportar idiotas com bom humor – ele disse, meio a se desculpar –, mas pelo que ouvi dizer não é este o seu caso, hein, *Monsieur* Poirot?

Ele sorriu com jovialidade.

– Aqueles que assim pensaram tiveram enormes dissabores – disse Poirot tranquilamente.

– É verdade? Bem, então Nancy o trouxe até aqui por estar com essa pulga atrás da orelha quanto ao secretário. Isso não vai dar em nada. Trefusis é mais suave que leite, chega inclusive a beber leite, creio. O camarada é um abstêmio. Que grande perda de tempo, não lhe parece?

— Se alguém tem a oportunidade de observar a natureza humana, jamais o tempo é perdido — disse Poirot em voz baixa.

— Natureza humana, hein?

Victor Astwell ficou a encará-lo, então se deixou cair sobre uma cadeira.

— Há algo que eu possa fazer pelo senhor?

— Sim, o senhor pode me dizer qual foi o teor da discussão entre o senhor e seu irmão naquela noite.

Victor Astwell balançou a cabeça.

— Nada a ver com o caso — ele disse de modo decidido.

— Ninguém pode garanti-lo — disse Poirot.

— Não tinha nada a ver com Charles Leverson.

— *Lady* Astwell acredita que Charles nada tem a ver com o assassinato.

— Oh, Nancy!

— Parsons alega que foi *Monsieur* Charles Leverson quem entrou naquela noite, mas ele não o viu. Lembre-se que ninguém o viu.

— É bastante simples. Reuben vinha repreendendo o jovem Charles ultimamente, não sem razão, devo dizer. Mais tarde ele quis vir para cima de mim. Então eu lhe disse algumas verdades, apenas para chateá-lo. Eu estava decidido a ajudar o rapaz. Pretendia vê-lo naquela noite, tentar mostrar a realidade para ele. Quando fui para o meu quarto, não me deitei. Em vez disso, deixei a porta entreaberta e sentei na cadeira para fumar. Meu quarto fica no segundo andar, *Monsieur* Poirot, e o do Charles está ao lado.

— Desculpe-me interrompê-lo, mas o sr. Trefusis também dorme no mesmo andar?

Astwell assentiu.

– Sim, o quarto dele fica logo depois do meu.
– Próximo à escada?
– Não, para o outro lado.

Uma curiosa luz iluminou o rosto de Poirot, mas o outro não a percebeu e continuou:

– Como eu ia dizendo, esperei por Charles. Escutei a porta da frente batendo, como previa, uns cinco minutos antes da meia-noite, mas não houve nenhum sinal de Charles pelos dez minutos seguintes. Quando o vi subir as escadas, percebi que não seria uma boa ideia dar-lhe uma dura naquela noite.

Ergueu seu cotovelo significativamente.

– Entendo – murmurou Poirot.

– Pobre-diabo, não conseguia sequer andar em linha reta – disse Astwell. – Além disso, estava com uma cara bastante pálida. Julguei, então, que fosse por causa do estado em que se encontrava. Claro, agora sei que aquilo tudo se devia ao fato de que acabara de cometer um crime.

Poirot interpôs uma pergunta rápida.

– O senhor não ouviu nenhum som vindo da sala da Torre?

– Não, mas o senhor deve se lembrar de que eu estava justamente no lado oposto da casa. As paredes são grossas, e não creio que pudesse escutar mesmo o disparo de uma pistola.

Poirot assentiu.

– Perguntei se ele precisava de alguma ajuda para chegar até a cama – continuou Astwell. – Mas ele disse que estava bem, entrou no quarto e bateu a porta. Eu me despi e fui deitar.

Poirot mirava o tapete, pensativo.

– O senhor tem noção, *Monsieur* Astwell – ele disse por fim –, de que seu testemunho é de extrema importância?

– Talvez sim, de certa maneira. O que o senhor quer dizer com isso?

— Que de acordo com seu testemunho, dez minutos se passaram entre a batida da porta da frente e a presença de Leverson junto às escadas. Ele disse, se não me engano, que chegou em casa e foi direto para a cama. Mas há mais do que isso. A acusação de *Lady* Astwell contra o secretário é fantástica, admito, embora até agora não tenha se provado impossível. Mas o seu testemunho cria um álibi.

— Como assim?

— *Lady* Astwell diz que deixou o marido quinze para a meia-noite, enquanto o secretário foi para a cama às onze horas. O único lapso de tempo que ele teria para cometer o crime seria entre quinze para meia-noite e o retorno de Charles Leverson. Então, se, como o senhor diz, o senhor estava sentado com a porta aberta, ele não poderia ter saído e retornado ao quarto sem que o senhor o visse.

— Sim, isso é verdade — concordou o outro.

— Não há nenhuma outra escada?

— Não, para chegar à sala da Torre ele teria que passar pela minha porta, e não passou, tenho plena certeza disso. E, de qualquer maneira, *Monsieur* Poirot, como eu havia dito há pouco, o homem é mais manso que um cura, isso posso garantir.

— Sim, sim — disse Poirot de modo sutil —, já compreendi. — Fez uma pausa. — E o senhor não me dirá qual foi o teor de sua discussão com *Sir* Reuben?

O rosto do outro adquiriu uma tonalidade vermelho-escura.

— Não arrancará nada de mim.

Poirot olhou para o teto.

— Posso sempre usar de discrição — murmurou — quando uma dama está envolvida.

Victor Astwell se pôs de pé num salto.

— Desgraçado, como ousa... O que está insinuando?

— Estou pensando — disse Poirot — na srta. Lily Margrave.

Victor Astwell ficou ali parado, indeciso, por cerca de dois minutos, depois dos quais sua cor se normalizou e ele voltou a sentar.

– O senhor é esperto demais para mim, *Monsieur* Poirot. Sim, era por causa de Lily que discutíamos. Reuben queria prejudicar a garota; ele havia futricado ou descoberto algo sobre ela, falsas referências, algo dessa natureza. Eu, particularmente, não acredito numa vírgula do que ele disse.

"E então ele seguiu nessa linha, passando dos limites aceitáveis, falando de como ela roubava à noite e levava os ganhos para um comparsa do lado de fora. Meu Deus! Não pude deixar de retrucar. Disse a ele que por muito menos homens melhores do que ele tinham perdido a vida. Aquilo foi suficiente para que se calasse. Reuben tinha certo receio de mim quando eu enveredava por esse caminho."

– Mal posso imaginar por quê – murmurou polidamente Poirot.

– Lily Margrave não me sai da cabeça – disse Vitor em outro tom. – Uma ótima garota, dos pés à cabeça.

Poirot não respondeu. Olhava para um ponto à sua frente, aparentemente perdido em abstrações. Retornou de forma brusca de seu alheamento.

– Eu devo, me parece, esticar um pouco as pernas. Há um hotel aqui por perto, não é?

– Dois – disse Victor Astwell –, o Golf Hotel, lá perto do campo, e o Mitre, próximo à estação.

– Muito obrigado – disse Poirot. – Sim, com certeza devo dar uma esticada nas pernas.

O Golf Hotel, como o próprio nome diz, localiza-se junto ao campo de golfe, quase ao lado da sede do clube. Foi para lá que Poirot primeiro se dirigiu no trajeto da "esticada de pernas" que ele a si mesmo advertira que iria empreender. O homenzinho tinha sua própria maneira de agir. Três minutos após ter entrado no Golf Hotel, já estava numa conversa privada com a srta. Langdon, a gerente.

– De qualquer modo, lamento por incomodá-la, *mademoiselle* – disse Poirot –, mas a senhorita sabe, sou um detetive.

A simplicidade sempre o atraiu. Nesse caso, o método se mostrou de uma eficácia imediata.

– Um detetive! – exclamou a srta. Langdon, olhando-o descrente.

– Não da Scotland Yard – garantiu-lhe Poirot. – Seguramente a senhorita já notou que não sou inglês, certo? Bem, estou aqui para fazer perguntas de caráter privado sobre a morte de *Sir* Reuben Astwell.

– O que o senhor está me dizendo! – A srta. Langdon olhou com firmeza e expectativa.

– Precisamente – disse Poirot de modo simpático. – Somente para uma pessoa com sua descrição eu poderia revelar esta informação. Acredito, *mademoiselle*, que a senhorita pode me ajudar. Saberia me dizer se algum cavalheiro hospedado aqui na noite do assassinato se ausentou naquela oportunidade, retornando por volta da meia-noite ou meia hora depois?

Os olhos da srta. Langdon se arregalaram mais do que nunca.

– O senhor não acha que...? – ela tomou ar.

– Que o assassino esteve por aqui? Não, mas tenho razões para acreditar que um de seus hóspedes deu uma caminhada até Mon Repos naquela noite, e, se isso ocorreu, é possível que tenha visto alguma coisa que pode ser insignificante para ele, mas bastante útil para mim.

A gerente meneou a cabeça sobriamente, com um ar de quem estivesse acostumada a lidar com os anais da lógica investigativa.

– Entendo perfeitamente. Bem, vejamos; quem esteve hospedado aqui?

Ela franziu o cenho, passando, é claro, os nomes em sua cabeça e usando, vez ou outra, para auxiliar a memória, o livro de registro ao alcance dos dedos.

– Capitão Swann, sr. Elkins, major Blyunt, o velho sr. Benson. Não, na verdade, senhor, não creio que nenhum deles tenha saído naquela noite.

– Certamente a senhorita teria percebido se isso acontecesse, não?

– Ah, sim, senhor, não é algo comum, como pode ver? Quero dizer, os cavalheiros saem para jantar ou algo semelhante, mas não saem depois do jantar, porque... bem, não há nada para fazer lá fora, há?

A atração em Abbots Cross era o golfe e nada além do golfe.

– De fato – concordou Poirot. – Então, até onde consegue lembrar, *mademoiselle*, nenhum dos hóspedes saiu naquela noite?

– O capitão England e sua esposa saíram para jantar.

Poirot balançou a cabeça.

– Não é isso que estou procurando. Tentarei no outro hotel; o Mitre, não é mesmo?

– Ah, o Mitre – disse a srta. Langdon. – Claro, qualquer um hospedado por *lá* pode ter saído para a tal caminhada.

O desprezo com que havia dito isso, ainda que vago, era evidente, e Poirot cuidadosamente bateu em retirada.

Dez minutos depois, repetia a cena, desta vez com a srta. Cole, a rude gerente do Mitre, um hotel menos pretensioso e de diárias mais baixas, localizado junto à estação.

– Um cavalheiro saiu naquela noite, retornando por volta da meia-noite e meia, até onde consigo lembrar. Um hábito bastante estranho, sair para caminhar a uma hora dessas. Ele já havia feito isso antes, uma ou duas vezes. Deixe-me ver, qual seu nome mesmo? No momento não consigo me lembrar.

Ela trouxe um grande livro de registro para perto de si e começou a virar as páginas.

– Décimo nono, vigésimo, vigésimo primeiro. Ah, aqui está. Naylor, Capitão Humphrey Naylor.

– Ele já se hospedara aqui antes? A senhora o conhece bem?

– Uma vez – disse a srta. Cole –, há uns quinze dias. Ele saiu à noite, lembro bem.

– Ele veio jogar golfe, certo?

– Acredito que sim – disse a srta. Cole. – É a principal razão para os cavalheiros virem até aqui.

– É verdade – disse Poirot. – Bem, *mademoiselle*, agradeço-lhe profundamente e lhe desejo um bom dia.

Retornou a Mon Repos com um rosto bastante pensativo. Vez ou outra, retirava alguma coisa do bolso e a olhava.

– É preciso fazê-lo – murmurou para si mesmo –, e logo, assim que eu conseguir armar a oportunidade.

O primeiro procedimento que adotou ao entrar na casa foi perguntar a Parsons pelo paradeiro da srta. Margrave. Foi-lhe dito que ela estava no pequeno estúdio cuidando da correspondência de *Lady* Astwell, e a informação pareceu garantir a satisfação de Poirot.

Encontrou o pequeno estúdio sem maiores dificuldades. Lily Margrave estava sentada à escrivaninha, junto à janela, escrevendo. Mas para ela a sala estava vazia. Poirot cuidadosamente fechou a porta às suas costas e seguiu em direção à garota.

– Posso, por gentileza, ter um minuto de seu tempo, *mademoiselle*?

– Com certeza.

Lily Margrave colocou os papéis de lado e se voltou na direção dele.

— O que posso fazer pelo senhor?

— Pelo que sei, *mademoiselle*, na noite da tragédia, assim que *Lady* Astwell foi ver o marido a senhorita foi direto para a cama. Correto?

Lily Margrave assentiu.

— Por acaso, a senhorita não voltou a descer?

A garota negou com a cabeça.

— Creio, *mademoiselle*, que a senhorita disse que em nenhum momento naquela noite esteve na sala da Torre, não é?

— Não me lembro de ter dito isso, mas, seja como for, é a pura verdade. Não estive na sala da Torre naquela noite.

Poirot ergueu as sobrancelhas.

— Curioso – ele murmurou.

— Como assim?

— Muito curioso – murmurou Poirot outra vez. – Como a senhorita pode, então, me explicar isto?

Puxou do bolso uma pequena tira manchada de *chiffon* verde e a estendeu para que a garota pudesse examinar.

A expressão dela não mudou, mas ele teve a nítida impressão de que sua respiração se alterara.

— Não estou entendendo, *Monsieur* Poirot.

— A senhorita usava, pelo que sei, um vestido verde de *chiffon* naquela noite, *mademoiselle*. Isto aqui – e tocou a tira com os dedos – é um pedaço que se rasgou dele.

— E o senhor o encontrou na sala da Torre? – perguntou a garota com rispidez. – Onde? Em que lugar?

Hercule Poirot olhou para o teto.

— Por enquanto podemos dizer apenas na sala da Torre?

Pela primeira vez, um vislumbre de medo passou pelos olhos da garota. Ela começou a falar, mas então se controlou. Poirot observava suas pequenas mãos brancas cruzadas sobre a ponta escrivaninha.

— Tentava me lembrar se eu tinha estado na sala da Torre naquela noite – ela meditou. – Antes do jantar, quero dizer. Acho que não. Tenho quase certeza. Se esta tira do vestido estivesse na sala da Torre por todo esse tempo, parece-me algo um tanto extraordinário que a polícia não a tivesse encontrado imediatamente.

– A polícia – disse o homenzinho – não pensa nas coisas que Hercule Poirot pensa.

– Devo ter entrado ali às pressas um pouco antes do jantar – refletiu Lily Margrave – ou então a tira já estava por ali na noite anterior. Eu tinha usado o mesmo vestido na ocasião. Sim, tenho quase certeza de que foi na noite anterior.

– Acredito que não – disse Poirot em tom neutro.

– Por quê?

Ele apenas moveu a cabeça lentamente, de um lado para o outro.

– O que o senhor quer dizer? – sussurrou a garota.

Ela se inclinava para frente, encarando-o, o rosto pálido por completo.

– A senhorita não percebeu, *mademoiselle*, que este fragmento está manchado? Não há qualquer dúvida, a mancha é de sangue humano.

– O senhor quer dizer...

– Quero dizer que a senhorita esteve na sala da Torre *depois* que o crime foi cometido, não antes. Creio que será sábio de sua parte me contar toda a verdade, para que o pior não recaia sobre a senhorita.

Ele se pôs de pé, a pequena e austera figura de um homem, o indicador apontado acusadoramente para a garota.

– Como o senhor descobriu? – deixou escapar Lily.

– Não importa, *mademoiselle*. Eu lhe disse que Hercule Poirot *sabe*. Sei de tudo sobre o capitão Humphrey Naylor, e que a senhorita foi encontrá-lo naquela noite.

Lily subitamente enfiou a cabeça entre os braços e desandou a chorar. De imediato, Poirot abandonou sua atitude inquiridora.

— Calma, calma, minha menina — ele disse, acariciando o ombro da garota. — Não se aflija. É impossível enganar o detetive Hercule Poirot; assim que você aceitar esta realidade, seus problemas estarão terminados. E agora você me contará a história toda, não? Vamos, abra seu coração para mim.

— Não é nada do que o senhor está pensando, nada mesmo. Humphrey é meu irmão, jamais tocou num fio de cabelo do morto.

— Seu irmão, hein? — disse Poirot. — Então assim estão as coisas. Bem, se a senhorita quer evitar que a suspeita recaia sobre ele, é melhor me contar toda a história, sem deixar nada de fora.

Lily voltou a se sentar, afastando os cabelos que lhe haviam caído sobre a testa. Depois de alguns minutos, começou a falar, numa voz baixa e clara.

— Vou lhe contar a verdade, *Monsieur* Poirot. Vejo que seria absurdo tentar qualquer coisa diferente disso. Meu nome verdadeiro é Lily Naylor, e Humphrey é meu único irmão. Alguns anos atrás, quando ele estava na África, descobriu uma mina de ouro, ou melhor, devo dizer, descobriu a presença de ouro. Não tenho como lhe relatar esta parte com propriedade, porque não entendo dos detalhes técnicos, mas o resultado foi o seguinte:

"A descoberta parecia ser bastante promissora, e Humphrey voltou para casa com cartas endereçadas a *Sir* Reuben Astwell, esperançoso de que ele se interessasse pela questão. Ainda não entendo bem os trâmites, mas soube que *Sir* Reuben enviou um especialista para fazer um relatório e que posteriormente disse a meu irmão que o relatório do especialista fora desfavorável e que ele, Humphrey, cometera um grande equívoco. Meu irmão retornou à África e partiu numa expedição para o interior. Não se soube mais notícias dele. Supôs-se que ele e a expedição haviam perecido.

"Um pouco depois disso, formou-se uma companhia para explorar as jazidas de ouro de Mpala. Quando meu irmão retornou à Inglaterra, logo concluiu que essas jazidas eram idênticas às que ele havia descoberto. *Sir* Reuben aparentemente não tinha nada a ver com esta companhia, e até onde se sabia eles haviam descoberto o lugar por conta própria. Mas meu irmão não ficou satisfeito: ele estava convencido de que *Sir* Reuben, de modo deliberado, enganara-o.

"Ele se tornou mais e mais violento e descontente com o assunto. Nós dois somos sozinhos no mundo, *Monsieur* Poirot, e como nessa época seria necessário eu buscar meu próprio sustento, arquitetei a ideia de ocupar uma posição nesta casa para descobrir se havia alguma conexão entre *Sir* Reuben e a empresa que explora as jazidas de ouro de Mpala. Por razões óbvias, escondi meu nome, e serei obrigada a admitir, com toda franqueza, que forjei minhas referências.

"Havia várias candidatas para o posto, grande parte delas com um currículo muito melhor do que o meu, então, bem, *Monsieur* Poirot, escrevi uma bela carta da duquesa de Perthshire, que eu sabia que havia partido para a América. Eu acreditava que uma duquesa teria um efeito poderoso sobre *Lady* Astwell, e eu estava certíssima. Ela me escolheu para a vaga.

"Desde então tenho me comportado de maneira odiosa, como uma espiã, e até recentemente sem qualquer sucesso. *Sir* Reuben não é o tipo de homem que revela seus segredos de negócio, mas quando Victor Astwell retornou da África, ele se tornou menos reservado em suas conversas, e comecei a acreditar que, afinal, Humphrey não se enganara. Meu irmão apareceu por aqui uns quinze dias antes do assassinato, e eu me esgueirei secretamente para fora da casa para encontrá-lo à noite. Eu lhe repassei as coisas que Victor Astwell tinha dito, e ele ficou muito animado, garantindo-me que eu estava no caminho certo.

"Mas depois disso as coisas começaram a dar errado. Alguém deve ter me visto quando saí da casa e relatou o ocorrido a *Sir* Reuben. Isso levantou sua desconfiança e ele foi investigar minhas referências, e logo descobriu que eram forjadas. A crise sobreveio no dia do crime. Creio que ele achava que estava atrás das joias de sua mulher. Quaisquer que fossem suas suspeitas, ele não tencionava deixar que eu passasse nem mais um dia em Mon Repos, embora ele tivesse concordado em não me processar por causa das referências falsas. *Lady* Astwell ficou do meu lado durante todo o processo e enfrentou *Sir* Reuben com valentia."

Ela fez uma pausa. O rosto de Poirot refletia uma pesada gravidade.

– E então, *mademoiselle* – ele disse –, chegamos à noite do crime.

Lily engoliu com dificuldade e assentiu com a cabeça.

– Antes de mais nada, *Monsieur* Poirot, devo lhe contar que meu irmão voltou a aparecer por aqui, e que eu já havia encontrado uma maneira de escapar outra vez. Fui até meu quarto, conforme eu disse, mas não me deitei. Em vez disso, esperei até que me parecesse que todos estavam dormindo, e então desci a escada e saí pela porta lateral. Encontrei Humphrey e lhe contei em poucas palavras o que havia ocorrido. Disse-lhe que eu achava que os papéis que ele queria estavam no cofre de *Sir* Reuben na sala da Torre, e concordamos em nos arriscar naquela noite numa última aventura desesperada em busca das provas.

"Combinamos que eu iria primeiro para ver se o caminho estava livre. Escutei as doze badaladas do relógio da igreja ao entrar pela porta lateral. Já estava na metade da escada que leva à sala da Torre quando escutei o barulho de alguma coisa caindo e uma voz que disse, "Meu Deus!" Uns dois minutos depois, a porta da sala da Torre foi aberta, e Charles Leverson saiu. Pude ver perfeitamente seu rosto iluminado pela luz do luar, mas eu estava encolhida num canto da escada, protegida pelas sombras, de forma que ele não pôde me ver.

"Ele ficou ali parado por um momento, oscilando sobre os pés e parecendo aterrado. Dava a impressão de estar escutando alguma coisa. Depois, aparentando muito esforço, ele conseguiu se recuperar e, abrindo a porta da sala da Torre, disse algo sobre não ter levado a sério o que foi dito. Sua voz soou bastante alegre e jovial, mas seu rosto desmentia o tom adotado. Esperou mais um minuto e então, vagarosamente, seguiu pela escada para o andar de cima até sumir de vista.

"Depois que ele se foi, esperei mais um tempinho e então me esgueirei até a porta da sala da Torre. Tive o pressentimento de que alguma coisa trágica tinha ocorrido. A luz de cima estava apagada, mas a da escrivaninha estava acesa, e isso foi suficiente para eu ver que *Sir* Reuben estava estendido no chão junto ao pé da mesa. Não sei como consegui, mas controlei meus nervos e me ajoelhei ao lado dele. Logo percebi que estava morto, derrubado com um golpe que o atingiu por trás e também que não fazia muito que morrera. Toquei a mão dele, e ela ainda estava quente. Foi horrível, *Monsieur* Poirot. Horrível!"

Ela estremeceu novamente com a lembrança.

– E depois? – perguntou Poirot, olhando-a de modo penetrante.

Lily Margrave assentiu.

– Sim, *Monsieur* Poirot, sei o que o senhor está pensando. Por que não dei o alarme e acordei a casa? Era o que eu deveria ter feito, eu sei, mas então me ocorreu de súbito, enquanto eu ainda estava ajoelhada, que minha briga com *Sir* Reuben, somada à saída para encontrar Humphrey e ao fato de que logo eu seria dispensada comporiam uma sequência fatal. Eles diriam que eu tinha facilitado a entrada de Humphrey e que ele, por vingança, teria matado *Sir* Reuben. Se eu dissesse que tinha visto Charles Leverson deixar a sala, ninguém me daria ouvidos.

"Foi terrível, *Monsieur* Poirot! Eu fiquei ali ajoelhada, imersa num turbilhão de pensamentos, e, quanto mais eu pensava, mais meus nervos se agitavam. Naquele instante, percebi a chave que tinha caído do bolso de *Sir* Reuben, quando ele tombou no chão. No molho estava a chave do cofre, cuja combinação eu já conhecia, pois certa vez *Lady* Astwell a mencionara e eu a ouvi. Segui em direção ao cofre, *Monsieur* Poirot, destravei-o e passei a vasculhar os papéis que estavam lá dentro.

"Por fim, encontrei o que estava procurando. Humphrey tinha toda razão. *Sir* Reuben estava por trás da companhia de mineração em Mpala, e ele havia deliberadamente enganado Humphrey. Isto piorava ainda mais as coisas. Fornecia um motivo definitivo e perfeito para que Humphrey tivesse cometido o crime. Coloquei os papéis de volta no cofre, deixei a chave na porta e subi de imediato para o meu quarto. Pela manhã, quando a criada descobriu o corpo, fingi estar surpresa e apavorada como todos na casa."

Ela se deteve e olhou de forma lastimosa para Poirot.

– O senhor precisa acreditar em mim, *Monsieur* Poirot. Oh, o senhor precisa acreditar em mim!

– Acredito, *mademoiselle* – disse Poirot. – A senhorita me explicou diversas coisas que ainda me intrigavam. A sua absoluta certeza, em primeiro lugar, de que Charles Leverson cometera o crime e, ao mesmo tempo, seus persistentes esforços em me manter afastado daqui.

Lily assentiu.

– Eu tinha medo do senhor – ela admitiu com franqueza. – *Lady* Astwell não tinha como saber, como eu sabia, que Charles era o culpado, nem eu poderia dizer a ela nada a respeito. Apesar de tudo, eu tinha esperanças de que o senhor não aceitasse o caso.

— Mas, graças àquela sua evidente ansiedade, acabei tendo que aceitá-lo — disse Poirot, irônico.

Lily olhou para ele rapidamente, os lábios tremendo de leve.

— E então, *Monsieur* Poirot... O que o senhor fará agora?

— No que lhe diz respeito, *mademoiselle*, nada. Acredito na sua história e vou considerá-la. O próximo passo é ir a Londres encontrar o inspetor Miller.

— E depois? — perguntou Lily.

— E depois — disse Poirot —, depois veremos.

Fora do estúdio, ele lançou mais um olhar para o pequeno retalho de *chiffon* verde manchado que trazia em sua mão.

— Impressionante — murmurou para si mesmo — a engenhosidade de Hercule Poirot.

O inspetor Miller não nutria especial admiração por Hercule Poirot. Não fazia parte do pequeno círculo de inspetores da Yard que aceitavam de bom grado a colaboração do pequeno belga. Acostumara-se a dizer que a figura de Hercule Poirot era supervalorizada. Naquele caso em específico, sentia-se bastante seguro de suas conclusões e, por isso, saudou Poirot de forma bem-humorada.

— Trabalhando para *Lady* Astwell, não é mesmo? Bem, o senhor já chegou com o caso prontinho e resolvido, uma belezura.

— Quer dizer que não há qualquer dúvida sobre o assunto?

Miller piscou.

— Nunca houve caso tão simples, em que o criminoso foi praticamente pego com a mão na massa.

— *Monsieur* Leverson prestou depoimento, certo?

— Era melhor que tivesse ficado de boca fechada — disse o detetive. — Repetiu sem parar que seguiu direto para o quarto e que não passou nem perto da sala do tio. Pode-se ver de cara que não passa de conversa fiada.

— Certamente vai de encontro ao peso da evidência — murmurou Poirot. — Qual sua impressão sobre o jovem *Monsieur* Leverson?

— Um idiota total e completo.

— De personalidade fraca, não?

O inspetor concordou.

— Dificilmente alguém poderia acreditar que um jovem como esse teria coragem para cometer tal tipo de crime.

— À primeira vista, não — concordou o inspetor. — Mas, bendito seja, pensei diversas vezes nesta questão. Pegue um jovem dissipador e fraco e o encurrale, acrescente aí uma boa dose de bebida e, por um curto espaço de tempo, pode-se transformá-lo num cuspidor de fogo. Um homem fraco encurralado é mais perigoso que um homem forte.

— Sim, isso que o senhor diz é verdade.

Miller inclinou-se um pouco mais para frente.

— Claro, não há mal nenhum nisso, *Monsieur* Poirot — ele disse. — O senhor recebe a sua comissão da mesma maneira, e naturalmente é preciso simular uma investigação para satisfazer a dama que o contratou. Isto é compreensível.

— O senhor realmente tem um entendimento interessante das coisas — murmurou Poirot, e tomou o caminho da saída.

Seu próximo encontro foi com o representante legal de Charles Leverson. O sr. Mayhew era um cavalheiro magro, seco e cauteloso. Recebeu Poirot com reserva, mas este, no entanto, tinha sua própria maneira de transmitir confiança. Em dez minutos, os dois conversavam de modo amigável.

– O senhor deve entender – disse Poirot – que ajo neste caso somente em defesa do sr. Leverson. Este é o desejo de *Lady* Astwell. Ela está convencida de que ele não tem culpa de nada.

– Sim, sim, é verdade – disse o sr. Mayhew sem entusiasmo.

Os olhos de Poirot faiscaram.

– O senhor não parece dar muito valor às opiniões de *Lady* Astwell, correto?

– Amanhã mesmo ela pode estar convencida da culpa dele – disse o advogado secamente.

– As intuições dela não são, com certeza, evidências – concordou Poirot –, e, em função disso, o caso se afigura bastante sinistro para o pobre jovem.

– É uma pena que ele tenha insistido naquela história com a polícia – disse o advogado. – De nada servirá ele se aferrar a essa história.

– Para o senhor também ele mantém a mesma versão? – inquiriu Poirot.

Mayhew assentiu.

– Não muda uma vírgula. Repete a mesma ladainha como um papagaio.

– E isso é o que destrói a fé do senhor nele – refletiu o outro. – Ah, não negue – acrescentou rapidamente, erguendo a mão. – Posso ver com clareza. No íntimo, o senhor acredita que ele é culpado. Mas me escute agora, escute a versão de Hercule Poirot para o caso.

"Nosso jovem chega em casa, bebeu drinques atrás de drinques, certamente alguns uísques com soda. Ele está tomado pela, como se chama?, empáfia da bebida, e nesse estado de espírito, ele entra em casa pela porta da frente e vai a passos trôpegos até a sala da Torre. Ele espia através da porta e vê o tio meio à sombra, aparentemente inclinado sobre a escrivaninha.

"*Monsieur* Leverson está tomado, como bem dissemos, pela empáfia da bebida. Ele se solta, diz ao tio tudo o que pensa dele. Desafia-o, insulta-o e, quanto mais o tio se nega a lhe responder, mais ele se encoraja para prosseguir, repetindo o que já havia dito, novamente, e sempre mais alto. Até que finalmente o silêncio constante do tio lhe provoca uma apreensão. Ele se aproxima mais, toca com a mão o ombro do tio, e esse desaba sob o seu toque, deslizando para o chão.

"Ele fica sóbrio, então, nosso *Monsieur* Leverson. A cadeira cai junto com um estrondo, e ele se inclina sobre *Sir* Reuben. Ele percebe o que aconteceu, olha para as mãos cobertas pelo líquido quente e vermelho. Então o pânico o domina, ele daria qualquer coisa para apagar o grito que acabara de escapar de seus lábios, ecoando pela casa. Mecanicamente ele ergue a cadeira, e então sai apressado pela porta e aguça os ouvidos. Ele acredita ter escutado algum tipo de som, e então, imediatamente, automaticamente, finge estar conversando com o tio através da porta aberta.

"O som não se repete. Ele está convencido de que se equivocou ao pensar que ouviu alguma coisa. Agora tudo é silêncio, ele se arrasta até seu quarto, e lhe ocorre que o melhor será fingir que nunca esteve próximo do quarto do tio naquela noite. Então ele apresenta sua versão da história. Parsons, naquele momento, lembre-se, ainda não havia dito que escutara alguma coisa. Quando ele o faz, é tarde demais para *Monsieur* Leverson mudar sua versão. Ele é estúpido e obstinado, de modo que prefere se aferrar ao que inventou. Diga-me, *monsieur*, se isto não lhe parece possível?

– Sim – disse o advogado –, acredito que da maneira como o senhor apresentou a situação isso seja possível.

Poirot se pôs de pé.

— O senhor tem o privilégio de poder entrar em contato com *Monsieur* Leverson – ele disse. – Apresente-lhe a minha versão e pergunte ao seu cliente se não é essa a verdade.

Em frente ao escritório do advogado, Poirot tomou um táxi.

— Harley Street, 348 – murmurou para o motorista.

A partida de Poirot para Londres pegou *Lady* Astwell de surpresa, pois o homenzinho não fizera qualquer menção do que pretendia fazer. Ao retornar, após a ausência de um dia, ele foi informado por Parsons que *Lady* Astwell gostaria de vê-lo assim que possível. Poirot encontrou a dama em sua suíte. Ela estava estendida sobre um divã, a cabeça apoiada em almofadas, e parecia impressionantemente doente e cansada; muito mais do que aparentava no dia em Poirot tinha chegado.

— Então o senhor voltou, *Monsieur* Poirot?

— Retornei, madame.

— Esteve em Londres?

Poirot concordou.

— O senhor não me avisou que estava indo – disse *Lady* Astwell com aspereza.

— Mil desculpas, madame. Admito meu erro, deveria tê-la avisado. *La prochaine fois**...

— O senhor fará da mesma maneira – interrompeu *Lady* Astwell com um perspicaz toque de humor. – Fazer primeiro e comunicar depois, esse é o seu verdadeiro lema.

— Não seria o de madame também?

Os olhos dele brilharam.

— De vez em quando, talvez – admitiu a outra. – Qual a razão de sua viagem a Londres, *Monsieur* Poirot? Pode me dizer agora, suponho?

---

* A próxima vez. Em francês no original. (N.T.)

— Fui me encontrar com o bom inspetor Miller, e também com o excelente sr. Mayhew.

Os olhos de *Lady* Astwell lhe perscrutaram a face.

— E então, o senhor acha que...? — ela perguntou lentamente.

Os olhos de Poirot estavam cravados em sua face.

— Há uma possibilidade de que Charles seja inocente — ele disse com gravidade.

— Ah! — *Lady* Astwell se ergueu parcialmente, fazendo rolar duas almofadas para o chão. — Então eu estava certa. Eu estava certa!

— Falei em possibilidade, madame, apenas isso.

Alguma coisa em seu tom pareceu tocá-la. Ela se ergueu sobre um dos cotovelos e encarou-o de forma penetrante.

— Posso fazer alguma coisa? — ela perguntou.

— Sim — ele assentiu com a cabeça —, a senhora pode me dizer, *Lady* Astwell, por que suspeita de Owen Trefusis.

— Eu tinha lhe dito que eu *sabia*. Isto é tudo.

— Infelizmente, isso não é o suficiente — disse Poirot com secura. — Faça um esforço para recuperar a noite fatal, madame. Relembre de cada detalhe, cada pequeno acontecimento. O que a senhora viu ou observou em relação ao secretário? Eu, Hercule Poirot, lhe digo que deve haver *alguma coisa*.

Lady Astwell balançou a cabeça.

— Eu mal o vi naquela noite — ela disse —, e certamente não pensei nele uma vez sequer.

— Sua mente estava ocupada com outra coisa?

— Sim.

— Com a animosidade de seu marido contra a srta. Lily Margrave?

— Exato — disse *Lady* Astwell, assentindo. — O senhor parece saber todas as coisas, *Monsieur* Poirot.

— Eu, eu sei de tudo — declarou o homenzinho com um absurdo ar de grandiosidade.

— Tenho muita estima por Lily, *Monsieur* Poirot, o senhor viu com os próprios olhos. Reuben começou a fazer um escarcéu a respeito das referências dela. Entenda. Não estou dizendo que ela não mentiu a respeito. Ela mentiu. Mas, bendito seja, eu fiz coisas muito piores nos velhos tempos. Você precisa ter todo o tipo de truques na manga para sobreviver aos empresários do teatro. Não há nada que eu não tenha escrito, dito ou feito na minha época.

"Lily queria este emprego, e ela colocou várias informações que não são bem... legítimas, o senhor sabe. Os homens são tão estúpidos para esse tipo de coisa; Lily teria que ser uma funcionária de banco que tivesse roubado milhões para justificar o escândalo que ele fez. Passei terrivelmente preocupada toda aquela noite, porque, embora no final eu geralmente conseguisse resolver as coisas com Reuben, às vezes ele dava uma de cabeça-dura, pobrezinho. Então é claro que não tive tempo de reparar no secretário, não que alguém jamais repare muito no sr. Trefusis. Ele está por ali e isso é tudo o que se pode reparar."

— Reparei nessa característica do sr. Trefusis – disse Poirot. – Ele não possui uma personalidade que se destaque, que brilhe, que provoque qualquer coisa.

— Não – disse *Lady* Astwell –, ele não é como Victor.

— *Monsieur* Victor Aswell é, devo dizer, explosivo.

— Essa é uma ótima palavra para defini-lo – disse *Lady* Astwell. – Pode-se ouvi-lo explodir pela casa toda, como um desses fogos de artifício.

— De pavio curto, suponho? – sugeriu Poirot.

— Ah, ele é o diabo em pessoa quando está agitado – disse *Lady* Astwell –, mas, por sorte, não *tenho* medo dele. Victor é um cão que ladra, mas não morde.

Poirot olhou para o teto.

— E a senhora nada tem a me dizer sobre o secretário naquela noite? – ele murmurou com delicadeza.

— É como lhe digo, *Monsieur* Poirot. Eu *sei*. É intuição. Intuição feminina...

— Não basta para enforcar um homem – disse Poirot –, e também não fará com que outro não seja enforcado. *Lady* Astwell, se a senhora acredita sinceramente que *Monsieur* Leverson é inocente, e que suas suspeitas em relação ao secretário são bem-fundamentadas, consentiria num pequeno experimento?

— Que tipo de experimento? – questionou *Lady* Astwell com desconfiança.

— Permitiria que eu a colocasse sob influência hipnótica?

— Para quê?

Poirot se inclinou para frente.

— Se eu lhe dissesse, madame, que essa sua intuição está baseada em certos fatos registrados de forma subconsciente, a senhora provavelmente agiria com ceticismo. Desse modo, direi apenas que esse experimento que proponho pode ser de grande importância para o desafortunado jovem Charles Leverson. A senhora terá coragem de recusar?

— Quem me colocará em transe? – quis saber *Lady* Astwell com descrença. – O senhor?

— Um amigo meu, *Lady* Astwell, que está chegando, se não me engano, neste exato minuto. Posso ouvir o barulho das rodas lá fora.

— Quem é ele?

— Um certo dr. Cazalet de Harley Street.

— Ele é de confiança? – perguntou apreensiva *Lady* Astwell.

— Não se trata de um charlatão, se é isso o que a senhora quer dizer. Pode confiar nele plenamente.

— Bem – disse *Lady* Astwell com um suspiro –, acho que isso tudo não passa de uma bobajada, mas o senhor pode tentar, se quiser. Ninguém poderá dizer que eu o atrapalhei.

— Muitíssimo obrigado, madame.

Poirot saiu da suíte às pressas. Retornou em poucos minutos, trazendo consigo um homem pequeno e alegre, de rosto redondo, de óculos, uma figura que nada tinha a ver com a imagem que *Lady* Astwell fazia de um hipnotizador. Poirot o apresentou.

— Bem – disse *Lady* Astwell de bom humor –, como começamos essa tolice?

— É muito simples, *Lady* Astwell, muito simples – disse o pequeno doutor. – Apenas se recoste, isso, assim. Não se sinta apreensiva.

— Não me sinto nem um pouco apreensiva – disse *Lady* Astwell. – Quero ver alguém me hipnotizar contra minha vontade.

O dr. Cazalet sorriu abertamente.

— Sim, mas se a senhora consente, não será contra sua vontade, certo? – ele disse com bonomia. – Isso mesmo. O senhor pode apagar a outra luz, *Monsieur* Poirot? Isso, mergulhe no sono, *Lady* Astwell.

Ele mudou um pouquinho de posição.

— Está ficando tarde. A senhora está com sono, muito sono. Suas pálpebras estão pesadas, estão se fechando... fechando... fechando. Logo a senhora estará dormindo...

Sua voz se aprofundou, baixa, suave e monótona. Então ele se inclinou para frente e ergueu delicadamente a pálpebra direita de *Lady* Astwell e se voltou para Poirot, assentindo com satisfação.

— Tudo certo – ele disse em voz baixa. – Posso prosseguir?

— Por favor.

O médico falou de modo ríspido e autoritário:

— A senhora está dormindo, *Lady* Astwell, mas vai me ouvir e responder a todas as minhas perguntas.

Sem se mover ou mexer uma pálpebra, a figura imóvel sobre o sofá respondeu numa voz baixa e monótona:

— Posso ouvi-lo. Responderei às suas perguntas.

— *Lady* Astwell, quero que a senhora retorne à noite em que seu marido foi morto. Lembra-se daquela noite?

— Sim.

— A senhora está na mesa de jantar. Descreva-me o que viu e sentiu.

A figura deitada se mexeu, um pouco menos relaxada.

— Estou muito aflita, preocupada com Lily.

— Sabemos disso. Fale-nos do que a senhora viu.

— Victor está comendo todas as amêndoas salgadas; ele é insaciável. Amanhã pedirei a Parsons que não coloque o prato naquele lado da mesa.

— Prossiga, *Lady* Astwell.

— Reuben está de mau humor esta noite. Não creio que seja só por causa de Lily. Tem alguma coisa a ver com os negócios. Victor olha para ele de um jeito estranho.

— Fale-nos sobre o sr. Trefusis, *Lady* Astwell.

— A manga esquerda de sua camisa está puída. O cabelo dele está empapado de brilhantina. Gostaria que os homens não usassem isso, estraga os estofados da sala de estar.

Cazelet olhou para Poirot; o outro fez um movimento com a cabeça.

— O jantar já acabou, *Lady* Astwell, a senhora está tomando café. Descreva-me a cena.

— O café está bom hoje à noite. Isso varia muito. A cozinheira não é nada confiável em relação ao café. Lily não para de olhar para a janela, não sei por quê. Agora Reuben entra na sala; ele está num de seus piores humores esta noite e lança os maiores impropérios contra o coitado do sr. Trefusis, que traz na mão um corta-papéis, um que é bem comprido e afiado, como uma faca. Ele aperta com força o corta-papéis. Suas juntas estão muito brancas. Veja, ele cravou com tanta força o instrumento na mesa que a ponta chegou a estalar. Ele o segura como alguém seguraria um punhal que quisesse cravar em alguém. Veja, agora os dois estão saindo juntos. Lily está usando o seu vestido verde; ela fica tão bem nessa cor, como se fosse um lírio. Devo mandar lavar as colchas na próxima semana.

– Um minuto, *Lady* Astwell.

O médico se reclinou na direção de Poirot.

– Acho que já conseguimos – ele murmurou. – Esses movimentos com o corta-papéis, foi isso que a convenceu de que o secretário estava por trás de tudo.

– Sigamos agora para a sala da Torre.

O doutor assentiu e, com voz alta e decidida, começou a fazer mais perguntas para *Lady* Astwell.

– É mais tarde, na mesma noite. A senhora está na sala da Torre com seu marido. Os dois tiveram uma discussão terrível, certo?

Novamente a figura voltou a se mexer de modo incômodo.

– Sim... Terrível... terrível. Dissemos coisas hediondas um para o outro.

– Não se preocupe com isso agora. A senhora pode ver a sala com clareza, as cortinas estão puxadas, as luzes acesas.

– Não a luz de cima, só a da escrivaninha.

– A senhora está deixando o seu marido agora, a senhora lhe diz boa noite.

– Não, eu estava furiosa demais.

– É a última vez que a senhora o verá; logo ele será morto. A senhora sabe quem o matou, *Lady* Astwell?

– Sim. O sr. Trefusis.

– Por que a senhora diz isso?

– Por causa da saliência... da saliência na cortina.

– Havia uma saliência na cortina?

– Sim.

– A senhora a viu?

– Sim, quase toquei.

— E havia um homem escondido atrás dela... O sr. Trefusis?

— Sim.

— Como a senhora sabe?

Pela primeira vez a voz monótona que respondia a tudo perdeu sua confiança.

— Eu... eu... por causa do corta-papéis.

Poirot e o doutor trocaram novamente um olhar rápido.

— Não consigo entendê-la, *Lady* Astwell. Havia uma saliência na cortina, a senhora disse? Alguém estava escondido ali? A senhora não viu a pessoa?

— Não.

— A senhora pensou se tratar do sr. Trefusis pelo modo como antes ele segurara o corta-papéis?

— Sim.

— Mas o sr. Trefusis havia ido para a cama, não é verdade?

— Sim... sim, isso é verdade, ele tinha ido para o quarto.

— Então ele não poderia estar atrás das cortinas da janela?

— Não... não, claro que não, ele não estava ali.

— Ele havia dado boa noite a seu marido um pouco antes, certo?

— Sim.

— E a senhora não o viu novamente?

— Não.

Ela se agitava agora, debatia-se um pouco, gemendo baixinho.

— Ela está acordando do transe – disse o médico. – Bem, acho que conseguimos o máximo possível, não?

Poirot concordou com a cabeça. O médico se inclinou sobre *Lady* Astwell.

— A senhora está acordando – ele murmurou com suavidade. – A senhora está acordando agora. No próximo minuto abrirá os olhos.

Os dois homens esperaram e logo *Lady* Astwell se sentou ereta e encarou os dois.

– Eu estive cochilando?

– Sim, *Lady* Astwell, apenas um rápido cochilo – disse o médico.

Ela olhou para ele.

– Parte do seu numerozinho de mágica, hein?

– A senhora não se sente pior do que antes, espero? – ele perguntou.

Lady Astwell bocejou.

– Sinto-me mais cansada e esgotada.

O médico ficou de pé.

– Pedirei que lhe tragam um pouco de café – ele disse –, e com isso me retiro.

– Eu disse alguma coisa? – *Lady* Astwell perguntou após vê-los prestes a sair pela porta.

Poirot lhe sorriu de volta.

– Nada muito importante, madame. A senhora nos informou que as colchas da sala de estar precisam de limpeza.

– De fato – disse *Lady* Astwell. – Não precisavam me pôr em transe para fazer com que eu dissesse isto. – Ela riu bem-humorada. – Alguma coisa mais?

– A senhora se lembra de ver o sr. Trefusis apanhar o corta-papéis aquela noite na sala de estar? – perguntou Poirot.

– Não tenho certeza – disse *Lady* Astwell. – Talvez ele o tenha pego.

– Uma saliência na cortina lhe diz alguma coisa?

Lady Astwell franziu o cenho.

– Acho que me lembro de algo – ela disse devagar. – Não... se foi, ainda assim...

– Não se canse, *Lady* Astwell – disse rapidamente Poirot –, não tem nenhuma importância, nenhuma importância mesmo.

O doutor seguiu com Poirot para os aposentos do último.

— Bem – disse Cazalet –, creio que isso deixa as coisas perfeitamente claras. Nenhuma dúvida de que, quando *Sir* Reuben estava repreendendo o secretário, este agarrou com força o corta-papéis e teve que usar de uma boa dose de autocontrole para não responder. A esfera consciente da mente de *Lady* Astwell estava tomada por completo pelo problema de Lily Margrave, mas a subconsciente percebeu e fez uma interpretação errada da ação.

— Esta esfera lhe deu a firme convicção de que Trefusis assassinara *Sir* Reuben. Agora chegamos à saliência na cortina. Isto é interessante. Pelo que pude entender da descrição que você me fez da sala da Torre, a escrivaninha está junto à janela. Há cortinas na frente da janela, correto?

— Sim, *mon ami*, cortinas de veludo negro.

— E há espaço no vão da janela para que alguém pudesse se esconder ali?

— Creio que há um espaço exato para isso.

— Então há pelo menos uma possibilidade – disse o médico devagar – de que alguém estivesse escondido na sala, mas, se assim fosse, não poderia ser o secretário, já que ambos o viram sair da sala. Poderia ser Victor Astwell, pois Trefusis o viu sair, e não poderia ser Lily Margrave. Quem quer que estivesse ali, teria que ter entrado *antes* de *Sir* Reuben naquela noite. O senhor me fez um quadro perfeito de como as coisas estão. E o que me diz do capitão Naylor? Não poderia ser ele a pessoa escondida ali?

— É sempre possível – admitiu Poirot. — Ele jantou no hotel com certeza, mas depois de quanto tempo ele saiu é algo difícil de definir com exatidão. Ele retornou à meia-noite e meia.

— Então pode ter sido ele – disse o médico –, e, se era ele, temos o assassino. Ele tinha um motivo, e a arma do crime estava ao alcance da mão. Você não parece, contudo, satisfeito com a ideia, estou enganado?

— Eu tenho outras ideias – confessou Poirot. – Diga-me uma coisa, *Monsieur le Docteur*, supondo por um minuto que *Lady* Astwell tenha cometido esse crime, ela necessariamente revelaria esse fato sob hipnose?

O médico deixou escapar um silvo.

— Então é aí que quer chegar? *Lady* Astwell é a criminosa, hein? Claro, é possível. Não pensei nisso sequer um minuto. Ela foi a última a estar com ele, e ninguém o viu com vida depois disso. Quanto à sua pergunta, eu estaria inclinado a dizer que não. *Lady* Astwell poderia entrar em estado hipnótico com uma forte resolução mental quanto a não dizer nada sobre sua participação no crime. Poderia responder às minhas perguntas com sinceridade, mas ficaria calada em relação a esse ponto. De todo modo, eu dificilmente esperaria que ela fosse tão insistente quanto à culpa do sr. Trefusis.

— Compreendo – disse Poirot. – Mas não estou dizendo que acredito que *Lady* Astwell seja a criminosa. É apenas uma sugestão, nada além disso.

— É um caso interessante – disse o médico após alguns instantes. – Aceitando que Charles Leverson seja inocente, há inúmeras possibilidades, Humphrey Naylor, *Lady* Astwell e até mesmo Lily Margrave.

— Há outra que você não mencionou – disse Poirot calmamente –, Victor Astwell. De acordo com sua própria versão, ele estava sentado em seu quarto com a porta aberta, esperando o retorno de Charles Leverson, mas para esse álibi contamos apenas com as palavras dele, compreende?

— Ele é o sujeito com um temperamento terrível, não? – perguntou o médico. – Aquele de que você me falou?

— Esse mesmo – concordou Poirot.

O médico se pôs de pé.

— Bem, tenho que voltar para a cidade. Você me manterá a par do ocorrido, sim?

Depois que o médico se foi, Poirot fez soar a campainha de George.

– Uma xícara de chá, George. Meus nervos estão em frangalhos.

– Certamente, senhor – disse George. – Vou prepará-lo agora mesmo.

Dez minutos depois ele trouxe uma xícara fumegante para seu patrão. Poirot inalou com prazer o vapor de cheiro desagradável. Enquanto dava uns goles, começou um solilóquio em voz alta.

– A caçada é diferente em cada parte do mundo. Para pegar uma raposa você precisa lançar os cachorros e acompanhá-los. Você grita, corre, é uma questão de velocidade. Nunca cacei um veado, mas sei que para isso é preciso rastejar por um bom tempo, longas horas se arrastando sobre o próprio estômago. Meu amigo Hastings já me falou sobre isso. Nosso método aqui, George, não pode ser nenhum desses. Pensemos em um gato caseiro. Por longas e aborrecidas horas ele observa o buraco do rato, imóvel, não desperdiça energia, mas não abandona a empreitada.

Suspirou e depôs a xícara sobre o pires.

– Eu lhe pedi que fizesse uma mala para poucos dias. Amanhã, meu bom George, você irá a Londres e me trará o que for necessário para duas semanas.

– Muito bem, senhor – disse George. Como de costume, não deixou transparecer qualquer emoção.

A presença constante e sempre visível de Hercule Poirot em Mon Repos era inquietante para muitas pessoas. Victor Astwell reclamou disso à sua cunhada.

– Tudo bem, Nancy. Você não sabe como esses sujeitos são. Ele encontrou uma agradável pousada aqui, e é evidente que vai se instalar por cerca de um mês, com todo o conforto, cobrando-lhe uma fortuna de comissão enquanto isso.

Lady Astwell respondeu dizendo que podia cuidar de seus assuntos particulares sem qualquer interferência.

Lily Margrave tentava com empenho esconder sua perturbação. Antes, ela confiava plenamente que Poirot tivesse acreditado em sua versão. Agora já não tinha tanta certeza.

Poirot não participava da caça numa posição totalmente imóvel. No quinto dia de sua temporada, levou para a mesa de jantar um pequeno álbum para gravar impressões digitais. Como método de obter as digitais das pessoas da casa, parecia um recurso um pouco obtuso, mas não tão obtuso como podia parecer, já que assim ninguém ali poderia se recusar a fornecê-las. Somente depois que o homenzinho se recolheu foi que Victor Astwell externou sua opinião.

– Percebe o que isso significa, Nancy? Ele está atrás de um de nós.

– Não seja ridículo, Victor.

– Bem, que outro propósito teria esse albunzinho brilhante que ele trouxe?

– *Monsieur* Poirot sabe o que está fazendo – disse *Lady* Astwell complacentemente, e olhou de modo significativo para Owen Trefusis.

Em outra ocasião, Poirot introduziu a estratégia de recolher as pegadas de cada um numa folha de papel. Na manhã seguinte, utilizando-se de um caminhar felino até a biblioteca, o detetive surpreendeu Owen Trefusis, que deu um salto da cadeira como se tivesse sido baleado.

– Peço-lhe mil perdões, *Monsieur* Poirot – ele disse com recato –, mas o senhor nos deixa numa situação inquietante.

– É mesmo? Como você explica isso? – perguntou o homenzinho inocentemente.

– Preciso admitir – disse o secretário – que para mim as evidências contra Charles Leverson são extremamente convincentes. O senhor, aparentemente, não tem a mesma convicção.

Poirot estava parado, olhando para a janela. De súbito, voltou-se para o outro.

– Preciso lhe contar algo em caráter confidencial, *Monsieur* Trefusis.

– Sim?

Poirot parecia não ter pressa em começar. Esperou um minuto, hesitante. Quando falou, as primeiras palavras coincidiram com o abrir e fechar da porta da frente. Para um homem que falava confidencialmente, seu tom de voz era um tanto alto, abafando, inclusive, o som dos passos que vinham do saguão.

– O que lhe direi é segredo, sr. Trefusis. Trata-se de uma nova evidência, que vem provar que quando Charles Leverson entrou na sala da Torre naquela noite *Sir* Reuben já estava morto.

O secretário olhou-o fixamente.

– Mas que evidência? Por que não ouvimos nada a respeito disso?

– Os senhores *ouvirão* – disse o homenzinho de forma misteriosa. – Enquanto isso, somente nós dois saberemos do segredo.

Com rapidez ele deixou a sala, e quase colidiu com Victor Astwell no saguão.

– O senhor acaba de chegar, não é, *monsieur*?

Astwell assentiu.

– Um dia do cão lá fora – ele disse, respirando com dificuldade –, gelado e ventoso.

– Ah – disse Poirot –, então não darei minha caminhada hoje. Sabe, sou como um gato, eu me sento perto do fogo e me mantenho aquecido.

– *Ça marche*, George – ele disse naquela noite ao fiel empregado, esfregando as mãos enquanto falava –, eles estão ao alcance de minhas garras, basta o pulo!

É difícil, George, fazer o papel do gato, o jogo da espera, mas ele dá resultados, sim, resultados incríveis. Amanhã obteremos o resultado.

No dia seguinte, Trefusis foi obrigado a ir à cidade. Tomou o mesmo trem que Victor Astwell. Mal haviam deixado a casa, Poirot foi como que tomado por uma febre de atividade.

– Vamos, George, vamos ao trabalho. Se a criada se aproximar destes quartos, é sua função atrasá-la. Diga-lhe umas gentilezas, George, e a mantenha no corredor.

Entrou primeiro no quarto do secretário e começou uma busca completa. Não deixou uma gaveta ou prateleira sem inspeção. Então colocou todas as coisas rapidamente no lugar e deu a busca por encerrada. George, que montava guarda na soleira da porta, deixou escapar um pigarro deferencial.

– Com licença, senhor?
– Sim, meu bom George?
– Os sapatos, senhor. Os dois pares de sapato marrons estão na segunda prateleira e os de verniz estão na de baixo. Ao recolocá-los no lugar o senhor trocou a ordem.

– Maravilha! – gritou Poirot, apertando as mãos. – Mas não nos incomodemos com isso. É coisa sem importância, posso lhe assegurar, George. *Monsieur* Trefusis jamais perceberá algo tão trivial.

– Como o senhor quiser – disse George.

– É sua função notar essas coisas – disse Poirot, dando um tapinha encorajador no ombro do outro. – Isso lhe dá credibilidade.

O empregado não respondeu, e quando, mais tarde naquele dia, o procedimento foi repetido no quarto de Victor Astwell, não fez nenhum comentário ao ver que as roupas de baixo do sr. Astwell não haviam sido acondicionadas no lugar devido. Todavia, no segundo caso ao menos, os acontecimentos mostraram que o empregado estava certo e Poirot errado. Naquela noite, Victor Astwell entrou na sala de estar bufando.

– Olhe aqui, seu maldito belga, seu nanico insolente, quem lhe deu o direito de vasculhar o meu quarto? Que diabos pensava encontrar por lá? Não aceitarei isso, compreende? É o que dá ter um espiãozinho de meia-tigela fuçando pela casa.

Poirot abriu os braços de maneira eloquente enquanto despejava palavra após palavra. Ofereceu centenas, milhares, milhões de desculpas. Ele havia sido desastrado, impertinente, estava confuso. Tomara uma liberdade indevida. No fim, o cavalheiro enfurecido foi forçado a ceder, embora não parasse de grunhir.

E ainda naquela noite, sorvendo seu chá, Poirot murmurou para George:

– As coisas estão andando, George, sim, estão andando.

– Sexta-feira – observou Poirot, pensativo –, meu dia de sorte.

– De fato, senhor.

– Por acaso você não é supersticioso, meu bom George?

– Prefiro não me sentar no décimo terceiro lugar de uma mesa, senhor, e evito passar debaixo de escadas. Quanto à sexta-feira, porém, não tenho superstição.

– Isso é bom – disse Poirot –, pois hoje travaremos nossa batalha de Waterloo.

– Sério, senhor?

– Você tem tanto entusiasmo, meu bom George, nem chegou a me perguntar o que pretendo fazer.

– E o que será, senhor?

– Hoje, George, farei a busca final na sala da Torre.

Realmente, depois do café da manhã, Poirot, com a permissão de *Lady* Astwell, foi até a cena do crime. Lá, em diversos períodos da manhã, os serviçais o viram engatinhando pelo chão, examinando minuciosamente o veludo negro das cortinas, subindo em cadeiras para inspecionar as molduras das pinturas nas paredes. Pela primeira vez, *Lady* Astwell revelou desconforto com a situação.

— Devo admitir — ela disse. — Ele finalmente está me dando nos nervos. Ele tem alguma carta escondida na manga, e não sei o que é. E o jeito como ele engatinha pelo chão lá na sala como se fosse um cachorro me faz ter arrepios dos pés à cabeça. O que ele está procurando? Gostaria de saber. Lily, minha cara, gostaria que você fosse até lá para ver o que ele está fazendo. Não, melhor não, prefiro que você fique aqui comigo.

— Permita-me que eu vá, *Lady* Astwell? — perguntou o secretário, erguendo-se da escrivaninha.

— Se puder me fazer a gentileza, sr. Trefusis.

Owen Trefusis deixou a peça e subiu as escadas em direção à sala da Torre. À primeira vista, pensou que a sala estivesse vazia; não havia, por certo, nenhum sinal de Hercule Poirot por ali. Ele acabava de dar meia-volta para descer quando um som chegou aos seus ouvidos: ele avistou o homenzinho na metade da escada em espiral que levava ao quarto acima.

Ele estava apoiado sobre as mãos e os joelhos; numa das mãos trazia uma pequena lente de aumento e através dela examinava com minúcia alguma coisa no madeiramento ao lado do tapete da escada.

Enquanto o secretário o observava, ele emitiu um súbito grunhido e enfiou a lente no bolso. Então se pôs de pé, segurando alguma coisa entre o polegar e o indicador. Naquele momento ele percebeu a presença do secretário.

— A-ha! *Monsieur* Trefusis, não o escutei entrar.

Era agora um homem diferente. O triunfo e a exultação brilhavam por toda sua face. Trefusis o encarou com surpresa.

— O que aconteceu, *Monsieur* Poirot? O senhor parece muito satisfeito.

O homenzinho inflou o peito.

— Sim, de fato. Veja, finalmente encontrei o que estava procurando desde o começo. Tenho aqui entre meus dedos a evidência necessária para condenar o criminoso.

— Então – disse o secretário erguendo as sobrancelhas –, não se trata de Charles Leverson?

— Não foi Charles Leverson – disse Poirot. – Até este momento, embora eu conhecesse o criminoso, ainda não tinha certeza de seu nome, mas por fim tudo se esclareceu.

Ele desceu as escadas e deu um tapinha no ombro do secretário.

— Sou obrigado a ir a Londres imediatamente. Fale com *Lady* Astwell por mim. Poderia pedir a ela que reúna todas as pessoas da casa na sala da Torre às nove horas? Estarei lá, então, e revelarei a verdade. Ah, olhe para mim, estou muito contente.

E rompeu numa pequena e fantástica dança, saindo da sala da Torre. Trefusis ficou ali, vendo-o sair.

Alguns minutos depois, Poirot apareceu na biblioteca, perguntando se alguém poderia fornecer-lhe uma caixinha de papelão.

— Infelizmente, não tenho nada parecido aqui comigo – ele explicou –, e tenho algo de grande valor que preciso guardar.

De uma das gavetas da escrivaninha Trefusis trouxe à luz uma pequena caixa, e Poirot se declarou encantado com isso.

Subiu correndo as escadas com sua arca do tesouro; encontrando George no patamar, alcançou-lhe a caixa.

— Há algo de extrema importância aí dentro – explicou. – Guarde-a, meu bom George, na segunda gaveta da minha cômoda, ao lado da caixinha de joias em que estão minhas abotoaduras de pérola.

— Muito bem, senhor – disse George.

— Não a danifique – disse Poirot. – Seja muito cuidadoso. Dentro dessa caixa há algo que porá a corda no pescoço de um criminoso.

— Não se preocupe, senhor – disse George.

Poirot desceu a escada às pressas e, apanhando o chapéu, deixou a casa a todo vapor.

Seu retorno se deu de forma menos ostentosa. O fiel George, de acordo com suas instruções, esperava-o na porta lateral.

— Estão todos na sala da Torre? – perguntou Poirot.

— Sim, senhor.

Ouvia-se o murmúrio de algumas palavras sendo trocadas, e então Poirot, com os triunfantes passos do vencedor, subiu até a sala onde o assassinato ocorrera havia menos de um mês. Seus olhos correram pela peça. Lá estavam todos: *Lady* Astwell, Victor Astwell, Lily Margrave, o secretário; e Parsons, o mordomo. O último estava rondando junto à porta, indeciso.

— George disse, senhor, que eu seria necessário por aqui. – Falou Parsons assim que Poirot apareceu. – Isso está correto, senhor?

— Perfeitamente – disse Poirot. – Permaneça, eu lhe peço.

Ele avançou para o meio da sala.

— Este foi um caso bastante interessante – disse, numa voz baixa e meditativa. – Interessante porque qualquer um aqui poderia ter cometido o crime. Quem herdará o dinheiro? Charles Leverson e *Lady* Astwell. Quem foi a última pessoa que esteve com ele? *Lady* Astwell. Quem discutiu com ele violentamente? *Lady* Astwell.

— Do que o senhor está falando? – gritou *Lady* Astwell. – Não estou entendendo, eu...

— Mas alguém mais discutiu com *Sir* Reuben – continuou Poirot, numa voz pensativa. – Mais alguém o deixou vermelho de raiva naquela noite. Supondo que *Lady* Astwell tenha deixado o marido vivo à meia-noite, haveria dez minutos até que o sr. Charles Leverson retornasse, dez minutos nos quais seria possível que alguém que estivesse no segundo andar descesse, fizesse o que tinha que fazer e retornasse para seu quarto.

Victor Astwell deu um salto e deixou escapar um grito.

– Mas que diabos...? – parou, sufocado na própria raiva.

– Num acesso de fúria, sr. Astwell, o senhor certa vez matou um homem na África Ocidental.

– Não posso acreditar – gritou Lily Margrave.

Ela se aproximou, as mãos contritas, duas marcas vermelhas e brilhantes nas faces.

– Não posso acreditar – repetiu a garota. Ela se aproximou de Victor Astwell.

– É verdade, Lily – disse Astwell –, mas tem coisas que este homem não sabe. O sujeito que eu matei era um curandeiro que acabara de massacrar quinze crianças. Creio que eu tinha uma justificativa para meu ato.

Lily se aproximou de Poirot.

– *Monsieur* Poirot – ela disse com afã –, o senhor está enganado. Não é porque um homem tem um temperamento exacerbado, porque tem um surto e então diz todo tipo de coisa que se pode acusá-lo de ter cometido um assassinato. Eu sei... *Eu sei* e posso lhe garantir que o sr. Astwell é incapaz de fazer uma coisa dessas.

Poirot olhou para Lily, com um sorriso extremamente curioso no rosto. Então tomou a mão dela entre as suas e a acariciou com gentileza.

– Veja só, *mademoiselle* – ele disse de modo brando –, a senhorita também tem lá as suas intuições. Então acredita no sr. Astwell, certo?

Lily falou em voz baixa:

— O sr. Astwell é um bom homem — ela disse — e é honesto. Ele não tem nada a ver com as falcatruas da companhia de mineração em Mpala. Ele é de uma bondade acima de qualquer prova, e... eu prometi me casar com ele.

Victor Astwell se aproximou dela e tomou-lhe a outra mão.

— Juro por Deus, *Monsieur* Poirot — ele disse —, juro que não matei o meu irmão.

— Sei que não foi o senhor — disse Poirot.

Seus olhos percorreram a sala.

— Escutem, meus amigos. Num transe hipnótico, *Lady* Astwell mencionou ter visto uma protuberância na cortina naquela noite.

Todos os olhares se dirigiram para a janela.

— O senhor está dizendo que havia um ladrão escondido ali? — exclamou Victor. — Mas que bela solução!

— Ah — disse Poirot com suavidade. — Mas não se trata *dessa* cortina.

Ele deu meia-volta e apontou para a cortina que escondia a pequena escada em espiral.

— *Sir* Reuben usara o quarto na noite anterior ao crime. Tomou café da manhã na cama, e recebeu o sr. Trefusis lá em cima para lhe passar as instruções. Não sei bem o que o sr. Trefusis esqueceu no quarto, mas esqueceu alguma coisa. Ao dar boa noite a *Sir* Reuben e *Lady* Astwell, ele se lembrou do que esquecera e subiu correndo as escadas para buscar. Não creio que nem a esposa nem o marido tenham notado seu movimento, pois os dois já estavam engajados numa violentíssima discussão. Eles estavam no meio dessa discussão quando o sr. Trefusis voltou a descer as escadas.

"As coisas que ambos diziam eram de natureza tão íntima e pessoal que o sr. Trefusis se viu numa posição bastante desconfortável. Estava claro para ele que os dois pensavam que ele tivesse saído da sala já há algum tempo. Temeroso de atrair a raiva de *Sir* Reuben contra si, ele decidiu ficar onde estava à espera de uma oportunidade para sair depois. Ele ficou atrás da cortina, e *Lady* Astwell quando deixou a sala subconscientemente notou o contorno dele.

"Depois que *Lady* Astwell saiu, Trefusis tentou escapar sem ser visto, mas *Sir* Reuben acabou virando a cabeça, tornando-se ciente da presença do secretário. Já tomado de mau humor, passou a agredir o seu secretário, acusando-o de estar deliberadamente espionando e escutando às escondidas.

"*Messieurs* e *mesdames*, sou um estudante de psicologia. Durante todo o caso estive procurando não por um homem ou mulher de mau temperamento, porque o mau temperamento é sua própria válvula de escape. Cão que ladra não morde. Não, eu procurava por um homem de bom temperamento, um homem que fosse paciente e que tivesse autocontrole, um homem que durante nove anos desempenhou o papel de oprimido. Não há tensão maior do que aquela que se estende por anos, não há ressentimento maior do que aquele que se acumula lentamente.

"Durante nove anos *Sir* Reuben maltratou seu amedrontado secretário, e por nove anos esse homem resistiu em silêncio. Mas chega um dia em que finalmente essa tensão chega ao seu ponto crítico. *Alguma coisa estala*! Foi o que ocorreu naquela noite. *Sir* Reuben voltou a se sentar na escrivaninha, mas o secretário, em vez de seguir humilde e obedientemente para a porta, pegou o pesado porrete de madeira e derrubou o homem que tanto o havia maltratado."

Ele se voltou para Trefusis, que o encarava como se estivesse petrificado.

– Seu álibi era extremamente simples. O sr. Astwell pensava que o senhor estivesse em seu quarto, mas *ninguém o viu ir até lá.* O senhor tentava escapar da sala, após ter golpeado *Sir* Reuben, quando ouviu um ruído e correu novamente para trás da cortina. Ali o senhor estava quando Charles Leverson entrou na sala, também estava ali quando Lily Margrave apareceu. Não levou muito tempo depois disso para que o senhor avançasse incólume até seu quarto, numa casa silenciosa. O senhor pretende negar?

Trefusis começou a balbuciar.

– Eu... eu nunca...

– Ah! Deixe-nos terminar. Durante duas semanas, então, passei representando esta comédia. Mostrei-lhe que a rede se aproximava lentamente do senhor. As impressões digitais, as pegadas, a busca em seu quarto e o reordenamento desajeitado de suas coisas. Fiz isso para lhe incutir terror, para mantê-lo acordado durante as noites, temeroso, perguntando-se: "Será que não deixei uma impressão ou uma pegada em algum lugar?"

"Muitas vezes o senhor revia os eventos daquela noite, sem conseguir deixar de se perguntar o que fizera, o que deixara de fazer, e então o conduzi ao estado em que o senhor cometeria um erro. Vi o medo aflorar em seus olhos quando apanhei alguma coisa na escada em que o senhor se escondera naquela noite. Então fiz uma grande exibição, com a caixinha, com o depósito em confiança a George, e depois, com a minha retirada."

Poirot se voltou na direção da porta.

– George?

– Estou aqui, senhor.

O empregado se aproximou.

– Pode dizer às damas e aos cavalheiros quais foram as minhas instruções?

– Eu deveria permanecer escondido dentro do guarda-roupa em seu quarto, senhor, após ter posto a caixa de papelão onde o senhor me ordenara. Às três e meia desta tarde, senhor, o sr. Trefusis entrou no quarto, foi até a cômoda e retirou a caixa em questão.

– E naquela caixa – continuou Poirot – estava um alfinete comum de gravata. Quanto a mim, sempre digo a verdade. Realmente apanhei alguma coisa na escada esta manhã. Há um dito inglês que dá conta disso, não? "Veja um alfinete e o apanhe, pois isso lhe trará boa sorte ao longo do dia." Para mim funcionou, tive boa sorte, descobri o assassino.

Ele se voltou para o secretário,

– Percebe? – ele disse suavemente. – *O senhor acabou se traindo.*

De repente, Trefusis desabou. Mergulhou numa poltrona a soluçar, o rosto enterrado entre as mãos.

– Eu estava louco – ele gemeu. – Eu estava louco. Mas, oh, Meu Deus, ele me maltratou e me molestou além de todo o limite suportável. Durante anos eu o odiei e abominei.

– Eu sabia! – gritou *Lady* Astwell.

Ela saltou para frente, o rosto irradiado por um triunfo feroz.

– Eu *sabia* que tinha sido ele.

Ela ficou ali, feroz e triunfante.

– E a senhora estava certa – disse Poirot. – Alguém pode chamar isso das mais variadas maneiras, mas o fato é o mesmo. Sua "intuição", *Lady* Astwell, se mostrou correta. Minhas felicitações.

A BONECA DA MODISTA

I

A boneca estava sobre a enorme poltrona de veludo. Não havia muita luz na peça; o céu de Londres estava escuro. Na suave penumbra, de um cinza esverdeado, as cobertas e as cortinas e os tapetes combinavam entre si, todos mantendo uma tonalidade sóbria de verde. A boneca também combinava com o cenário. Estava estendida, frouxa, bem espalhada em suas roupas de veludo verde, com sua touquinha feita do mesmo material, a face pintada. Ela era uma boneca de estimação, um capricho de mulheres ricas, a boneca refestelada ao lado do telefone, ou entre as almofadas do divã. Esparramava-se por ali, eternamente imóvel, mas estranhamente viva. Parecia um produto decadente do século XX.

Sybil Fox, entrando às pressas com alguns tecidos e croquis, olhou para a boneca com uma discreta sensação de surpresa e espanto. Ficou um pouco confusa, mas qualquer que tenha sido a natureza de sua confusão, não chegou à consciência. Em vez disso, perguntou a si mesma, "bem, o que aconteceu com o tecido de veludo azul? Onde o coloquei? Tenho certeza de que ele estava por aqui". Foi até o patamar da escada e disse em direção à sala de trabalho:

– Elspeth, Elspeth, o tecido azul está por aí? A sra. Fellows-Brown estará aqui a qualquer momento.

Voltou a entrar na peça, acendendo as luzes. Novamente lançou um olhar para a boneca. "Mas que diabos, onde pode estar esse... Ah, aqui está." Recolheu o tecido de onde ele caíra de suas mãos. Houve o costumeiro estalar do lado de fora, vindo do patamar, sinal de que o elevador fizera uma parada, e, depois de um ou dois minutos, a sra. Fellows-Brown, acompanhada de seu pequinês, entrou ofegante na peça, mais parecendo um trem barulhento que chegava a uma estação pouco movimentada.

– Vai vir uma chuvarada – ela disse –, uma água daquelas.

Desfez-se de suas luvas e de um casaco de pele. Alicia Coombe entrou. Nos últimos tempos, não era sempre que vinha, somente quando alguma cliente especial aparecia, o que por certo era o caso da sra. Fellows-Brown.

Elspeth, a encarregada da sala de costura, desceu com o vestido, e Sybil o passou pela cabeça da sra. Fellows-Brown.

– Aí está – ela disse –, acho que ficou bom. Sim, com certeza, acertamos em cheio.

A sra. Fellows-Brown ficou de lado e olhou-se no espelho.

– Devo confessar que suas roupas realmente dão um jeito de esconder a minha bunda – ela disse.

– Você está muito mais magra do que estava três meses atrás – garantiu-lhe Sybil.

– Para ser sincera, não – disse a sra. Fellows-Brown –, embora eu deva dizer que *pareço* mais magra neste vestido. Há alguma coisa no corte de vocês que realmente diminui a minha bunda. É quase como se eu não tivesse bunda nenhuma, quero dizer, como se tivesse uma como a maioria das pessoas tem.

Ela suspirou e cuidadosamente alisou a parte problemática de sua anatomia.

– Isso sempre foi uma dificuldade para mim – ela continuou. – Claro, por muitos anos eu consegui entrar nos vestidos, vocês sabem, esticando bem a parte da frente. Bem, mas agora isso não funciona mais, porque minha barriga está tão grande quanto a parte de trás. E bem, quero dizer, não se pode apertar dos dois lados, não é mesmo?

Alicia Coombe disse:

– A senhora deveria ver algumas das minhas clientes!

A sra. Fellows-Brown desfilou com o vestido para lá e para cá.

– Ter barriga é pior do que ter uma bunda grande – ela disse. – Aparece mais. Ou talvez a gente tenha essa impressão porque, quero dizer, quando estamos falando com as pessoas a gente está olhando para elas de frente, ou seja, elas não podem ver nossa bunda, mas podem ver nossa barriga. Seja o que for, decidi que é melhor apertar a barriga e deixar a bunda como está.

Ela estendeu o pescoço e o girou ainda mais, e então, de súbito, disse:

– Oh, essa boneca de vocês! Ela me dá arrepios. Há quanto tempo a tem?

Sybil lançou um olhar incerto para Alicia Coombe, que parecia confusa, mas não muito preocupada.

– Não lembro bem... acho que já faz algum tempo. Não sou boa em lembrar das coisas. Ando cada vez pior, simplesmente *não consigo* lembrar de nada. Sybil, há quanto tempo nós a temos?

Sybil disse com rapidez:

– Não sei.

– Bem – disse a sra. Fellows-Brown –, ela *me* deixa arrepiada. Bizarro! Parece que ela está nos observando, sabe, e talvez até rindo debaixo daquelas mangas de veludo. Eu me livraria dela se fosse vocês. – Tremeu de leve, então passou novamente a tratar dos detalhes da confecção do vestido. Deveria ou não encurtar um pouquinho mais as mangas? Depois que todos esses pontos importantes foram decididos de modo satisfatório, a sra. Fellows-Brown voltou a vestir sua própria roupa e se preparou para sair. Ao passar pela boneca, virou novamente a cabeça.

– Não – ela disse –, eu *não* gosto dessa boneca. É como se *pertencesse* à casa. Isso não é saudável.

– O que será que ela quis dizer com isso? – perguntou Sybil, assim que a sra. Fellows-Brown desceu as escadas.

Antes que Alicia Coombe pudesse responder, a sra. Fellows-Brown retornou, enfiando a cabeça pela porta.

– Meu bom Deus, esqueci completamente de Fou-Ling. Onde está você, queridinho? Bem, vejam só!

Ela fixou os olhos, assim como as outras duas mulheres. O pequinês estava sentado na poltrona de veludo verde, o olhar cravado na boneca estirada. Não havia qualquer expressão em seus olhinhos saltados, fosse de prazer ou ressentimento. Ele estava apenas olhando para o objeto.

– Vem cá, queridinho da mamãe – disse a sra. Fellows-Brown.

O queridinho da mamãe não deu a mínima bola para ela.

– Ele está se tornando a cada dia mais desobediente – disse a sra. Fellows-Brown, com o ar de quem fosse capaz de catalogar virtudes. – *Vamos*, Fou-Ling. Hora do papazinho. Um figadozinho saboroso.

Fou-Ling moveu a cabeça alguns centímetros na direção de sua dona, então, cheio de desdém, voltou a apreciar a boneca.

– Ela certamente o impressionou – disse a sra. Fellows-Brown. – Não creio que ele a tivesse notado antes. *Eu* também não a tinha visto. Ela já estava aqui na última vez que eu vim?

As duas outras mulheres trocaram um olhar entre si. Sybil agora tinha o cenho franzido, e Alicia Coombe disse, enrugando a testa:

— Já lhe disse, simplesmente não consigo lembrar das coisas nos últimos tempos. Há quanto tempo a *boneca* está conosco, Sybil?

— De onde ela veio? — perguntou a sra. Fellows-Brown. — Vocês a compraram?

— Oh, não. — De algum modo a ideia a surpreendeu. — Oh, *não*. Acho que... acho que alguém deve ter me presenteado com ela. — Ela balançou a cabeça. — Isso é enlouquecedor! — exclamou. — Absolutamente enlouquecedor quando as coisas se apagam da sua cabeça logo depois de acontecer.

— Não seja estúpido, Fou-Ling — disse a sra. Fellows-Brown com rispidez. — Vamos. Terei que pegar você.

Ela o apanhou. Fou-Ling emitiu um curto latido como forma de agônico protesto. Saíram da peça com a cara de olhos esbugalhados voltada para trás, por sobre o tronco peludo, encarando ainda com enorme atenção a boneca sobre a poltrona...

— Aquela boneca ali — disse a sra. Groves — é de arrepiar os cabelos.

A sra. Groves era a faxineira. Ela acabara de limpar o chão, movendo-se como se fosse um caranguejo. Agora estava de pé e trabalhava vagarosamente na peça retirando o pó.

— Engraçado — disse a sra. Groves —, até ontem, eu nunca tinha reparado nela. E então fui pega de surpresa por ela, como se diz.

— Você não gosta dela? — perguntou Sybil.

— Confesso, sra. Fox, que ela me provoca arrepios — disse a faxineira. — Não é algo normal, se a senhora me entende. Essas pernas longas, o modo como ela se espalha por ali e o olhar penetrante cravado na gente. Não parece uma coisa saudável, é isso.

— Você nunca disse nada sobre ela antes — disse Sybil.

– Estou lhe dizendo, nunca tinha percebido a boneca, só notei hoje de manhã... É claro que eu sei que ela já estava há algum tempo por aí, mas... – Ela parou e uma expressão de perplexidade passou rapidamente por seu rosto. – Parece uma dessas coisas que a gente sonha à noite – ela disse e, juntando vários materiais de limpeza, se retirou da sala de prova, seguindo pelo patamar até a peça oposta.

Sybil parou diante da boneca. Uma expressão de espanto crescia em sua face. Alicia Coombe entrou e Sybil se voltou bruscamente.

– Srta. Coombe, há quanto tempo a *senhorita* tem essa criatura?

– O quê, a boneca? Minha querida, você sabe que não consigo lembrar de nada. Ontem, meu Deus, isso é tão ridículo!, eu estava indo assistir àquela palestra e não estava nem no meio do caminho quando descobri, de repente, que não conseguia lembrar para onde eu ia. Pensei e pensei. Finalmente disse para mim mesma: *deve* ser no Fortnums. Sabia que tinha algo importante para mim no Fortnums. Bem, você não vai acreditar, mas foi somente quando já estava em casa, tomando meu chá, que lembrei de fato da tal palestra. Claro, sempre escutei que as pessoas ficam gagás à medida que envelhecem, mas comigo está acontecendo muito rápido. Acabei de esquecer onde pus minha bolsinha, e também meus óculos. Onde foram parar esses malditos óculos? Estava com eles agora mesmo... Estava lendo alguma coisa no *Times*.

– Os óculos estão sobre a lareira – disse Sybil, alcançando-os a ela. – Como a senhorita conseguiu essa boneca? Quem lhe deu?

– Também isso não me vem, é um branco – disse Alicia Coombe. – *Alguém* me deu de presente ou a enviou para mim, acho... No entanto, ela parece combinar perfeitamente com a sala, não?

— Sim, me parece muito bem – disse Sybil. – O engraçado é que não consigo me lembrar da primeira vez que a vi.

— Por favor, não comece a seguir o mesmo caminho que eu – admoestou-a Alicia Coombe. – Afinal, você ainda é jovem.

— Mas é verdade, srta. Coombe, não consigo me lembrar. Quero dizer, olhei para ela ontem e achei que havia algo, como bem disse a sra. Groves, algo assustador nela. E então me dei conta de que já havia pensado nisso, e então tentei me lembrar da primeira vez que tinha pensado nisso, e... bem, eu simplesmente não conseguia lembrar de nada! De certa maneira, era como se eu nunca a tivesse visto antes... só que uma sensação aqui dentro dizia o contrário. Era como se ela estivesse ali há um longo tempo, mas só agora eu a notasse.

— Talvez ela tenha entrado voando pela janela certo dia num cabo de vassoura – disse Alicia Coombe. – Seja como for, agora este é o seu lar. – Ela deu uma olhada ao redor. – É difícil imaginar esta sala sem ela, não lhe parece?

— Pois é – disse Sybil, com um leve tremor –, mas eu gostaria de poder.

— O quê?

— Imaginar a sala sem ela.

— Será que estamos todas ficando malucas com a boneca? – perguntou Alicia Coombe com impaciência. – O que há de errado com a pobrezinha? Parece-me um repolho podre, mas talvez – ela acrescentou – porque eu esteja sem meus óculos. – Ela colocou-os no nariz e olhou fixamente para a boneca. – Sim – ela disse –, entendo o que você quer dizer. Ela *é* assustadora... Tem uma aparência triste, mas ao mesmo tempo parece astuta e bastante determinada.

— Engraçado – disse Sybil – a sra. Fellows-Brown ter sentido tanta aversão pela boneca.

— Ela é do tipo que não se importa em dizer o que lhe vem à cabeça – disse Alicia Coombe.

— Mas é estranho – insistiu Sybil – que essa boneca tenha lhe causado tão forte impressão.

— Bem, as pessoas às vezes sentem uma súbita antipatia pelas coisas.

— Talvez – disse Sybil com um risinho – essa boneca não estivesse aí até ontem... Talvez ela tenha entrado voando pela janela, como a senhorita diz, e tenha se acomodado ali.

— Não – disse Alicia Coombe –, tenho certeza que ela já está ali há algum tempo. Talvez ela só tenha ficado à vista ontem.

— É o que eu acho também – disse Sybil –, que ela já está ali há algum tempo... mas, por outro lado, não consigo lembrar de tê-la visto até ontem.

— Agora, querida – disse Alicia Coombe vigorosamente –, basta. Você está fazendo eu me sentir bastante estranha por causa disso, sinto uns arrepios subindo pela minha espinha. Você não vai começar com uma série de crendices e eventos sobrenaturais para explicar a criatura, vai?

Ela apanhou a boneca, deu-lhe uma chacoalhada, arrumou seus ombros e a fez sentar novamente sobre a poltrona. Sem demora a boneca deslizou um pouco e perdeu a postura.

— Não parece viva, de modo algum – disse Alicia Coombe, olhando para a boneca. – Ainda assim, de um modo engraçado, ela parece viva, não é?

II

— Ah, aquela coisa me perturba – disse a sra. Groves, enquanto percorria o salão de exposição, tirando o pó. – Perturba de tal maneira que tenho pavor de entrar na sala de prova.

— O que é que perturba você? — perguntou a srta. Coombe, que estava sentada na escrivaninha no canto da peça, ocupada com várias contas. — Essa mulher — ela acrescentou, mais para si mesma do que para a sra. Groves — acha que pode ter dois vestidos de noite, três vestidos de baile e um traje completo a cada ano sem me pagar um centavo sequer por eles! Realmente, cada uma que me aparece!

— É aquela boneca — disse a sra. Groves.

— O quê? Está falando de nossa boneca outra vez?

— Sim, sentada lá sobre a mesa, como se fosse gente. Ela me assusta demais!

— Do que você está falando?

Alicia Coombe se levantou, cruzou a sala, passou pelo patamar lá fora e entrou na sala oposta — o provador. Havia uma pequena mesa ao estilo Sheraton* num dos cantos, e lá, sentada numa cadeira, com os longos braços estendidos sobre o tampo, estava a boneca.

— Parece que alguém andou se divertindo — disse Alicia Coombe —, fazendo-a sentar dessa maneira. Realmente, ela parece bem natural.

Sybil Fox apareceu naquele momento, vinda do andar superior, trazendo um vestido que deveria ser provado naquela manhã.

— Venha aqui, Sybil. Veja a nossa boneca, sentada na minha mesa particular, agora ela escreve cartas.

As duas mulheres olharam a cena.

— Realmente — disse Alicia Coombe —, é ridículo! Me pergunto quem a colocou ali. Foi você?

— Não, não fui eu — disse Sybil. — Deve ter sido uma das garotas lá de cima.

— Uma brincadeira totalmente sem graça — disse Alicia Coombe. Ela tirou a boneca de cima da mesa e a colocou de novo no sofá.

---

* Estilo de mobília inglesa, de design despojado, elaborado a partir do início do século XIX. (N.T.)

Sybil acomodou com cuidado o vestido sobre uma cadeira, depois saiu e subiu mais uma vez para a oficina.

– Vocês já viram uma boneca – ela disse –, uma boneca de veludo que fica na sala da srta. Coombe, na sala de prova?

A encarregada da oficina e as três garotas a olharam.

– Sim, senhorita, claro que já vimos.

– Quem de brincadeira a colocou sentada na mesa hoje de manhã?

As três garotas olharam para ela, então Elspeth, a encarregada, disse:

– Sentada na mesa? Não fui *eu*.

– Nem eu – disse uma das garotas. – Foi você, Marlene?

Marlene negou com a cabeça.

– Não foi mesmo uma piadinha sua, Elspeth?

– Não, de jeito nenhum – disse Elspeth, uma mulher rígida, que parecia trazer a boca sempre cheia de alfinetes. – Tenho mais o que fazer do que ficar brincando com bonecas.

– Escutem – disse Sybil, e para sua surpresa sua voz tremia um pouco. – Foi uma ótima piada, isso foi, eu só quero saber quem foi que fez isso.

As três garotas se eriçaram.

– Já lhe dissemos, sra. Fox. Nenhuma de nós fez isso, certo, Marlene?

– Não fui eu – disse Marlene –, e se Nellie e Margaret disseram que não foram elas, bem, então não foi nenhuma de nós.

– Já dissemos o que sabíamos – disse Elspeth. – Do que se trata afinal, sra. Fox?

– Não pode ter sido a sra. Groves? – perguntou Marlene.

Sybil balançou a cabeça.

– Não pode ter sido a sra. Groves. Ela levou um senhor susto.

— Vou descer para ver isso com meus próprios olhos — disse Elspeth.

— Ela já não está mais lá — disse Sybil. — A srta. Coombe já a recolheu da mesa e a colocou de volta no sofá. Bem — ela fez uma pausa —, isso significa que alguém a sentou lá na escrivaninha achando que ia ser engraçado. É o que me parece. E... e eu não consigo entender por que a piadista não se entrega.

— Já lhe disse duas vezes, sra. Fox — disse Margaret. — Não sei por que a senhora insiste em nos acusar de mentirosas. Não faríamos uma brincadeira tola dessas.

— Me desculpem — disse Sybil. — Não queria incomodá-las. Mas... mas quem mais poderia fazer uma tontice dessas?

— Talvez ela tenha chegado até a mesa com suas próprias pernas — disse Marlene e deu uma risadinha.

Por alguma razão, Sybil não gostou do comentário.

— Na verdade nada disso faz sentido — ela disse, e voltou a descer as escadas.

Alicia Coombe murmurava faceira uma melodia. Olhou ao redor da sala.

— Perdi meus óculos de novo — ela disse —, mas não tem importância. Não quero ver nada neste momento. O problema, claro, é que quando alguém é tão cego como eu e perde seus óculos, a não ser que tenha um outro par para pôr enquanto procura o que está perdido, não poderá achá-los, porque simplesmente não enxerga nada.

— Eu vou dar uma olhada para a senhorita — disse Sybil. — Há pouco a senhorita ainda estava com eles.

— Fui até a outra peça quando você subiu. Acho que os deixei por lá.

Ela foi até a outra peça.

— Que chateação — disse Alice Coombe. — Quero fechar essas contas. Como posso fazer isso sem meus óculos?

— Vou lá em cima e pego seu par sobressalente no quarto – disse Sybil.

— Não tenho um segundo par aqui comigo – disse Alice Coombe.

— Por quê? O que aconteceu com ele?

— Bem, acho que o esqueci ontem quando fui almoçar. Já telefonei para lá, e também para as outras duas lojas em que estive.

— Ah, querida – disse Sybil –, acho que a senhorita precisa de três pares.

— Se eu tivesse três pares de óculos – disse Alicia Coombe – passaria o resto da vida procurando por eles. Acho mesmo que o melhor é ter apenas *um* par. Então é preciso procurar até encontrá-lo.

— Bem, deve estar em algum lugar – disse Sybil. – A senhorita só esteve nessas duas peças. Certamente não está aqui, então a senhorita deve tê-lo deixado na sala de prova.

Ela retornou, percorreu a peça, procurando com afinco. Finalmente, como último recurso, ela ergueu a boneca do sofá.

— Estão aqui – ela anunciou.

— Ah, você os encontrou, Sybil?

— Debaixo da preciosa boneca. Acho que a senhorita os tirou quando foi colocá-la de volta no sofá.

— Não. Tenho certeza que não.

— Oh – disse Sybil com exasperação. – Então acho que a boneca pegou os óculos e os estava escondendo da senhorita!

— Com certeza – disse Alicia, olhando pensativa para a boneca. – Sabe, eu não menosprezaria a capacidade dela. Parece uma boneca muito inteligente, não, Sybil?

— Não vou com a cara dela – disse Sybil. – Ela tem um ar de quem sabe alguma coisa que não sabemos.

— Você não acha que ela parece ter uma expressão um pouco triste e ao mesmo tempo doce? – perguntou Alicia Coombe apelativa, mas sem convicção.

— Não vejo qualquer doçura nela – disse Sybil.

— Pois é... talvez você esteja certa... Bem, vamos continuar nossas tarefas. Lady Lee estará aqui em dez minutos. Quero apenas terminar e despachar estas faturas.

III

— Sra. Fox? Sra. Fox?

— Sim, Margaret? – perguntou Sybil. – O que é?

Sybil estava ocupada, reclinada sobre a mesa, cortando um pedaço de cetim.

— Sra. Fox, é a boneca de novo. Fui descer o vestido preto como a senhora pediu e lá estava a boneca sentada na escrivaninha outra vez. E não fui eu que pus ela ali, não foi nenhuma de nós. Por favor, sra. Fox, nós não faríamos uma coisa dessas.

A tesoura de Sybil deslizou um pouco.

— Veja – ela disse zangada –, olha só o que você me fez fazer. Oh, bem, depois se dá um jeito. Agora, como é essa história da boneca?

— Ela está sentada na mesa outra vez.

Sybil foi até lá e entrou na sala de prova. A boneca estava sentada na cadeira do mesmo modo como já estivera antes.

— Você é muito determinada, não? – disse Sybil, falando com a boneca.

Ela a pegou sem cerimônia e devolveu-a ao sofá.

— Este é o seu lugar, minha garota – ela disse. – Fique aí.

Caminhou até a outra sala.

— Srta. Coombe.

— Sim, Sybil.

— Alguém *está* brincando conosco, sabe. A boneca estava sentada de novo na escrivaninha.

— Quem você acha que pode ser?

— Uma daquelas três lá de cima – disse Sybil. – Ela deve achar que é engraçado, decerto. Claro que todas elas juram que não têm nada a ver com isso.

— Quem você acha que é? Margaret?

— Não, acho que não é ela. Ela parecia bastante esquisita quando veio me falar. Apostaria na sorridente Marlene.

— De qualquer modo, é uma tolice completa fazer uma coisa dessas.

— Sim, claro, uma estupidez – disse Sybil. – No entanto – acrescentou com acidez –, vou pôr um fim nisso.

— O que fará?

— A senhorita já vai ver – disse Sybil.

Naquela noite, ao sair, ela chaveou a porta da sala de prova pelo lado de fora.

— Estou trancando esta porta – ela disse – e levando a chave comigo.

— Ah, entendo – disse Alicia Coombe, com um leve ar de divertimento. – Você começa a achar que sou eu, não é? Acha que estou tão atrapalhada que entro na sala a fim de escrever, mas em vez disso pego a boneca e a coloco na escrivaninha para escrever para mim. É essa a sua opinião? E depois eu me esqueço de tudo?

— Bem, é uma possibilidade – admitiu Sybil. – De toda maneira, tenho certeza de que nenhuma brincadeirinha acontecerá na sala esta noite.

Na manhã seguinte, com os lábios apertados, a primeira coisa que Sybil fez ao chegar foi destrancar a porta da sala de prova e entrar a largas passadas. A sra. Groves, com uma expressão injuriada, esfregão e espanador na mão, esperava no patamar.

— Veremos agora! – disse Sybil.

Então ela recuou com um fraco suspiro.

A boneca estava sentada na escrivaninha.

– Ui! – exclamou a sra. Groves às suas costas. – Que coisa estranha! Isso sim. Olhe para a senhora, sra. Fox, está muito pálida, como se tivesse visto uma assombração. A senhora precisa tomar alguma coisa. Será que a sra. Coombe não tem alguma coisa lá em cima?

– Estou bem – disse Sybil.

Caminhou até onde estava a boneca, levantou-a com cuidado e cruzou a sala com ela.

– Alguém está aplicando um truque na senhora outra vez – disse a sra. Groves.

– Não sei como alguém pode ter aplicado um truque em mim desta vez – disse Sybil devagar. – Tranquei a porta na noite passada. Você mesma sabe que não teria como alguém entrar aqui.

– Talvez alguém tenha outra chave – disse a sra. Groves, prestativa.

– Acho que não – disse Sybil. – Nós nunca nos preocupamos em trancar essa porta antes. É uma dessas chaves antigas e há somente uma delas.

– Talvez uma outra chave se encaixe, a chave da porta em frente.

Na sequência, elas testaram todas as chaves que havia na loja, mas nenhuma se encaixava na fechadura da sala de prova.

– Isso é estranho, srta. Coombe – disse Sybil mais tarde, enquanto almoçavam juntas.

Alicia Coombe parecia um bocado satisfeita.

– Minha querida – ela disse. – Acho isso simplesmente extraordinário. Creio que deveríamos escrever ao pessoal que desenvolve pesquisas psíquicas. Você sabe, eles talvez mandem um investigador, um médium ou algo assim para ver se há alguma coisa peculiar em relação à sala de prova.

— A senhorita não parece nem um pouco preocupada – disse Sybil.
— Bem, de certo modo, estou gostando disso – disse Alicia Coombe. – Quero dizer, na minha idade, é muito divertido quando coisas assim acontecem! Apesar disso, não... – acrescentou pensativa – ...não gosto do rumo que as coisas estão tomando. Quero dizer, essa boneca está saliente demais, não é verdade?

Naquela noite, Sybil e Alicia Coombe trancaram mais uma vez a porta pelo lado de fora.

— Continuo achando – disse Sybil – que alguém está fazendo uma piada conosco, embora, na verdade, eu não consiga entender por quê...

— Você acha que ela vai estar junto à escrivaninha amanhã de manhã? – perguntou Alicia.

— Sim – disse Sybil –, acho sim.

Mas as duas se enganaram. A boneca não estava na escrivaninha, estava sobre o peitoril da janela, olhando para a rua. E novamente havia uma extrema naturalidade em sua posição.

— É uma tolice, mas dá medo, não? – perguntou Alicia Coombe, enquanto tomavam uma rápida xícara de chá naquela tarde. Por consenso, elas não a mantinham na sala de prova, como de costume, mas na sala de Alicia Coombe, que ficava do outro lado.

— Tolice em que sentido?

— Bem, quero dizer, não há nada com que se preocupar. É apenas uma boneca que está sempre num lugar diferente.

À medida que os dias avançavam, parecia cada vez mais fácil observar o fenômeno. Agora não era apenas à noite que a boneca se movia. A qualquer momento que entrassem na sala de prova, depois de terem se ausentado por alguns minutos, podiam encontrar a boneca num lugar diferente. Deixavam-na no sofá e a encontravam numa poltrona. Em outra oportunidade, ocupava uma poltrona diferente da anterior. Algumas vezes aparecia sentada no peitoril da janela, noutras, outra vez na escrivaninha.

— Ela se movimenta de acordo com a própria vontade — disse Alicia Coombe. — E eu *acredito*, Sybil, que isso a diverte.

As duas mulheres ficaram olhando para aquela figura inerte e espraiada em seu veludo macio e solto, com seu rosto de seda pintado.

— Alguns pedaços de veludo e seda e um pouco de tinta, só isso — disse Alicia Coombe. Sua voz trazia certa constrição. — Creio que nós poderíamos nos livrar dela.

— O que a senhorita quer dizer com nos livrar dela? — perguntou Sybil. Sua voz revelava um certo espanto.

— Bem — disse Alicia Coombe —, nós podíamos pô-la no fogo, se houvesse fogo. Queimá-la, quero dizer, como se fosse uma bruxa... Ou, claro — acrescentou sem rodeios —, poderíamos simplesmente jogá-la na lata do lixo.

— Não creio que isso seria uma boa ideia — disse Sybil. — Alguém provavelmente veria a boneca no lixo e a traria de volta para a gente.

— Poderíamos também mandá-la para algum lugar — disse Alicia Coombe. — Você sabe, para uma dessas sociedades que estão sempre escrevendo para pedir alguma coisa para vender ou pôr num bazar. Acho que essa é a melhor ideia.

— Não sei... — disse Sybil. — Ficaria quase com medo de fazer isso.

— Medo?

— Bem, acredito que ela poderia voltar — disse Sybil.

— Você está dizendo que ela poderia voltar para *cá*?

— Sim, é isso que estou dizendo.

— Acho que estamos cada vez mais dementes, não lhe parece? — disse Alicia Coombe. — Talvez eu realmente esteja gagá e você esteja apenas me divertindo, é isso?

– Não – disse Sybil. – Mas estou com uma terrível e assustadora sensação, sabe, uma horrível sensação de que ela é forte demais para a gente.

– O quê? Esse monte de trapos?

– Sim, essa horrível e molenga mistura de trapos. Porque, veja, ela está tão determinada.

– Determinada?

– A seguir seu próprio caminho! Quero dizer, este é o quarto *dela* agora.

– Sim – disse Alicia Coombe, olhando ao seu redor –, é isso, não é?, a cor das paredes e tudo mais... Acreditava que ela se adaptava à sala, mas é a sala que se adapta a ela. Devo dizer – acrescentou a modista, com um toque de vivacidade na voz – que é meio absurdo que uma boneca chegue e tome posse das coisas. Você sabe, a sra. Groves já não vem limpar esta peça.

– Ela disse ter medo da boneca?

– Não. Simplesmente dá as mais variadas desculpas. – Então Alicia acrescentou, com uma nota de pânico: – O que vamos fazer, Sybil? Isso está me atrapalhando, sabe? Não consigo desenhar um vestido sequer há semanas.

– Não consigo me concentrar decentemente nos cortes – confessou Sybil. – Cometo os erros mais tolos. Talvez – ela disse receosa – sua ideia de escrever para um centro de pesquisas psíquicas possa dar certo.

– Isto fará apenas com que façamos papel de idiotas – disse Alicia Coombe. – Quando eu disse aquilo não estava falando sério. Não, acho que teremos que seguir em frente até que...

– Até que o quê?

– Oh, não sei – disse Alicia, e sorriu de modo incerto.

No dia seguinte, ao chegar, Sybil encontrou a porta da sala de prova trancada.

– Srta. Coombe, a senhorita tem a chave? Trancou a sala na noite passada?

— Sim — disse Alicia Coombe —, tranquei a porta e assim ela permanecerá.

— O que está dizendo?

— Que simplesmente desisti da peça. A boneca pode ficar com ela. Não precisamos de duas salas. Podemos nos virar com esta aqui.

— Mas é a sua sala de estar particular.

— Bem, não preciso mais dela. Tenho um ótimo quarto. Posso fazer uma sala de estar por lá, não?

— Está dizendo que não vai mais entrar na sala de prova? — perguntou Sybil com incredulidade.

— Exatamente.

— Mas... E quanto à limpeza? A peça ficará em péssimo estado.

— Que fique! — disse Alicia Coombe. — Se este lugar está sofrendo algum tipo de possessão por parte da boneca, tudo bem... deixe que ela mantenha suas posses. E que ela mesma limpe os seus aposentos. — E acrescentou: — Ela nos odeia, você sabe.

— O que está dizendo? — disse Sybil. — A boneca nos *odeia*?

— Sim — disse Alicia. — Você não sabia? Pois precisava saber. É impossível que não tenha percebido isso ao olhar para ela.

— Sim — disse Sybil de modo pensativo. — Acho que sim. Acho que senti isso desde o início... Ela sempre nos odiou, sempre quis que déssemos o fora daqui.

— É uma criaturinha maliciosa — disse Alicia Coombe. — Seja como for, ela deve estar satisfeita agora.

Depois disso, as coisas seguiram de maneira mais tranquila. Alicia Coombe anunciou às suas funcionárias que estava desativando momentaneamente a sala de prova, eram muitas salas para limpar e tirar o pó, explicou.

Mas isso mal pôde evitar que ela ouvisse, por acaso, naquela mesma noite, uma das garotas da oficina comentar à outra:

— Agora a srta. Coombe enlouqueceu de vez. Sempre achei ela um pouco estranha, o modo como esquecia ou perdia as coisas. Mas agora ela se superou, não? Foi longe essa história dela com a boneca lá de baixo.

— Oh, você não acha que ela enlouqueceu de verdade, não é? – perguntou a outra garota. – E se ela tentar nos matar a facadas?

As duas passaram, conversando, e Alicia sentou-se indignada em sua poltrona. Enlouquecendo! Então acrescentou com pesar para si mesma:

— Acho que se não fosse por Sybil, eu pensaria que estou mesmo ficando louca. Mas como tenho do meu lado Sybil e a sra. Groves, isso faz parecer que há *alguma coisa* acontecendo. Mas o que não tenho como saber é de que modo isso vai terminar.

Três semanas depois, Sybil disse para Alicia Coombe:

— Temos que entrar *de vez em quando* naquela sala.

— Por quê?

— Bem, quero dizer, ela deve estar numa terrível imundície. As traças devem estar tomando conta de tudo. Deveríamos ao menos tirar o pó e fazer uma faxina. Depois trancamos novamente.

— Eu preferia manter a peça fechada e não voltar a entrar – disse Alicia Coombe.

Sybil disse:

— Sabe, a senhorita é, de fato, ainda mais supersticiosa do que eu.

— Acho que sim – disse Alicia Coombe. – Estou muito mais disposta a acreditar nessas coisas do que você, mas, para começo de conversa, bem, eu acho esse acontecimento de certa maneira emocionante. Não sei. Simplesmente tenho medo, e prefiro não entrar naquela sala outra vez.

— Bem, eu quero entrar – disse Sybil –, e é o que farei.

— Sabe qual é o seu problema? – perguntou Alicia Coombe. – Você deixa que a curiosidade a domine completamente.

— Tudo bem, então sou curiosa. Quero ver o que a boneca fez.

— Continuo achando que é melhor deixá-la em paz – disse Alicia. – Agora que não entramos mais na sala, ela está satisfeita. O melhor que você pode fazer é deixá-la assim. – Deixou escapar um suspiro de exasperação. – Quanta tolice estamos dizendo!

— Sim, sei que o que estamos dizendo não faz nenhum sentido, mas se a senhorita quer me dar uma oportunidade de parar com essas tolices, passe-me a chave, vamos, agora.

— Tudo bem, tudo bem.

— Creio que a senhorita está com medo de que eu a deixe escapar ou algo assim. É mais fácil pensar que ela tem poderes para atravessar portas e janelas.

Sybill destrancou a porta e entrou.

— Nossa, isso é muito estranho – ela disse.

— O que é estranho? – disse Alicia Coombe, espiando por sobre o ombro da outra.

— Quase não há pó na sala, não é? Qualquer um pensaria que depois de todo esse tempo fechada...

— Sim, isso é mesmo estranho.

— Lá está ela – disse Sybill.

A boneca estava no sofá. Não estava estendida em sua tradicional posição relaxada. Sentava-se com aprumo, ereta, uma almofada apoiada atrás das costas. Por seu aspecto, presumia-se que era a dona da casa, à espera de suas visitas.

— Bem – disse Alicia Coombe –, ela parece estar em casa, não? Sinto-me quase na obrigação de lhe pedir desculpas por ter entrado dessa maneira.

— Vamos – disse Sybill.

Ela recuou, fechou a porta ao sair e voltou a passar a chave.

As duas mulheres se olharam.

– Gostaria de saber por que ela nos assusta tanto... – disse Alicia Coombe.

– Por Deus, quem não ficaria assustada?

– Bem, quero dizer, o que *acontece*, afinal? Se formos pensar bem, não acontece nada, ela não passa de uma boneca que se move de lá para cá na peça. Acredito que não seja a própria boneca, mas que ela esteja tomada por um *poltergeist*.

– Bem, *essa* parece ser uma boa ideia.

– Sim, mas não consigo acreditar nisso de verdade. Acho que é... que é mesmo aquela boneca.

– Tem *certeza* de que não sabe mesmo de onde ela veio?

– Não tenho a mais vaga ideia – disse Alicia. – E quanto mais penso nisso, mais me convenço de que não a comprei, e de que ninguém a deu para mim. Creio que ela... bem, que ela simplesmente apareceu.

– A senhorita acha que ela... que ela irá embora um dia?

– Na verdade – disse Alicia –, não sei por que ela iria... Ela tem tudo de que precisa.

Mas parecia que a boneca ainda não conseguira tudo de que precisava. No dia seguinte, quando Sybill entrou no salão de exposição, suspendeu a respiração com um suspiro súbito. Então dirigiu um chamado para o andar de cima.

– Srta. Coombe, srta. Coombe, venha até aqui.

– O que foi?

Alicia Coombe, que se levantara tarde, desceu as escadas, manquejando um pouco, pois sofria de reumatismo no joelho direito.

– O que está acontecendo, Sybil?

— Veja. Veja o que acaba de acontecer.

As duas pararam junto à porta do salão de exposição. Sentada no sofá, espraiada tranquilamente sobre um dos braços do móvel, estava a boneca.

— Ela conseguiu sair – disse Sybil –, *conseguiu escapar daquela peça!* Agora quer se adonar também do salão.

Alicia Coombe sentou na soleira da porta.

— No final – ela disse –, creio que ela vai querer se apossar da loja toda.

— É possível – disse Sybil.

— Sua criatura nojenta, ladina e maliciosa – disse Alicia, dirigindo-se à boneca. – Por que veio até aqui nos molestar dessa maneira? Não queremos você por aqui.

Tanto ela quanto Sybil tiveram a impressão de que a boneca se moveu de modo muito sutil. É como se seus membros se afrouxassem ainda mais. Um de seus longos braços estendia-se sobre o braço do sofá, e sua face semioculta parecia espiar por cima dele. Além disso, seu olhar tinha um aspecto dissimulado e malicioso.

— Criatura horrível – disse Alicia. – Já não posso suportá-la! Não consigo suportá-la mais um minuto sequer.

De repente, pegando Sybil completamente de surpresa, ela avançou pela sala, apanhou a boneca, correu até a janela, abriu-a e lançou a boneca no meio da rua. Sybil deixou escapar um pequeno grito e um suspiro.

— Oh, Alicia, a senhorita não devia ter feito isso! Tenho certeza de que não devia ter feito isso!

— Eu precisava fazer alguma coisa – disse Alicia Coombe. – Simplesmente não a aguentava mais.

Sybil juntou-se a ela à janela. Lá embaixo, no meio da calçada, estendia-se a boneca, os membros espalhados, a face voltada para o chão.

— A senhorita a *matou* – disse Sybil.

– Não seja ridícula... Como posso matar algo que é feito de veludo e seda, de fragmentos e pedaços. Não é real.

– É terrivelmente real – disse Sybil.

Alicia trancou a respiração.

– Céus. Aquela criança...

Uma criança maltrapilha estava junto da boneca na calçada. Ela olhou para um lado e para o outro da rua, uma rua que não estava excessivamente cheia àquela hora da manhã, embora houvesse algum tráfego de automóveis; então, como se estivesse satisfeita, a menina se curvou, apanhou a boneca e atravessou a rua correndo.

– Pare, pare! – gritou Alicia.

Ela se voltou para Sybil.

– Aquela criança não pode levar a boneca. *Não pode*! Aquela boneca é perigosa... é diabólica. Precisamos detê-la.

Não foram elas que a pararam. Foi o tráfego. Naquele momento três táxis vinham de um lado e dois furgões de comerciantes do outro. A criança estava isolada num espaço entre as duas faixas. Sybil desceu as escadas correndo, com Alicia Coombe atrás. Esquivando-se entre um furgão e um carro particular, Sybil, seguida de perto por Alicia Coombe, chegou no espaço em que estava a criança antes que ela pudesse vencer o tráfego e chegar até o outro lado.

– Você não pode ficar com essa boneca – disse Alicia Coombe. – Devolva-a para mim.

A criança olhou para ela. Era uma garotinha muito magra, de cerca de oito anos, com um leve estrabismo.

– Por que eu devo dar ela pra você? – ela disse. – Você jogou ela pela janela que eu vi... vi você jogando. Se você jogou ela pela janela é porque não queria a boneca. Então, agora ela é minha.

— Eu lhe compro outra — disse Alicia, desesperada. — Iremos até uma loja de brinquedos, qualquer uma que você quiser, e eu lhe comprarei a melhor boneca que você encontrar. Mas me devolva essa aí.

— Nada feito — disse a criança.

Seus braços envolveram protetoramente a boneca.

— Você *precisa* devolver essa boneca — disse Sybil. — Ela não pertence a você.

Ela se esticou para tomar a boneca da criança e naquele instante esta lhe pisou o pé, deu meia-volta e começou a gritar:

— Nada feito! Nada feito! Nada feito! Ela é minha. Eu amo ela. *Vocês* não amam ela. Vocês odeiam ela. Se vocês não odiassem ela, não tinham jogado ela pela janela. Eu amo ela, eu estou dizendo, e é isso que ela quer. Ela *quer* ser amada.

E então, como uma enguia deslizando por entre os veículos, a criança atravessou a rua, tomou uma ruela e saiu do alcance de visão das duas mulheres antes que elas pudessem decidir desviar dos carros para segui-la.

— Ela se foi — disse Alicia.

— Ela disse que a boneca queria ser amada — disse Sybil.

— Talvez — disse Alicia —, talvez fosse isso o que ela quisesse todo esse tempo... ser amada...

No meio do tráfego londrino, as duas mulheres se entreolharam assustadas.

SANTUÁRIO

I

A esposa do vigário dobrou a esquina do vicariato com os braços carregados de crisântemos. Seus rústicos sapatos irlandeses arrastavam uma grande quantidade de terra do jardim. Seu nariz estava sujo de poeira, mas ela estava totalmente alheia a esse fato.

Ela teve certa dificuldade em abrir o portão do vicariato, que se sustentava apenas sobre a metade de suas dobradiças enferrujadas. Uma rajada de vento moveu seu chapéu surrado, assentando-o em sua cabeça de maneira ainda mais desengonçada do que antes.

– Diabos! – disse Bunch.

Batizada de Diana por seus esperançosos pais, a sra. Harmon passou a ser chamada de Bunch* ainda na infância por razões óbvias, e esse nome a acompanhava desde então. Empunhando os crisântemos, ela atravessou o portão e chegou ao pátio da igreja, e em seguida à porta.

O ar de novembro era brando e úmido. Nuvens se moviam pelo céu e revelavam pedaços de azul aqui e ali. Do lado de dentro, a igreja era escura e fria; não era aquecida senão nos horários de culto.

– Brrrrr! – Bunch arrepiou-se. – É melhor terminar logo com isso. Não quero morrer de frio.

---

* Referência a *bunch of flowers*, ramalhete de flores. (N.E)

Com a rapidez que advém da prática, ela reuniu a parafernália necessária: vasos, água, recipientes para as flores. "Gostaria que tivéssemos lírios", pensou Bunch em silêncio. "Já estou cansada destes crisântemos ásperos." Seus dedos ágeis arrumavam as flores em seus recipientes.

Não havia nada particularmente original ou artístico em suas decorações, pois Bunch Harmon não era nem original nem artística, mas eram composições simples e agradáveis. Carregando os vasos com cuidado, Bunch caminhou pela nave em direção ao altar. Enquanto ela fazia isso, o sol apareceu.

O astro brilhou através da janela leste, que tinha um vitral um tanto rústico, composto em azul e vermelho – presente de uma antiga devota rica que costumava frequentar igreja. O efeito era quase espantoso em sua repentina opulência. "Como pedras preciosas", pensou Bunch. De repente ela parou, olhando para a frente. Nos degraus do presbitério havia um vulto escuro.

Depondo com cuidado as flores no chão, Bunch foi até os degraus e se abaixou. Era um homem que estava debruçado sobre si mesmo. Bunch se ajoelhou ao seu lado e, lentamente e com muito cuidado, virou o corpo. Seus dedos buscaram o pulso do homem, um pulso tão fraco e oscilante que revelava o estado de seu dono, assim como a palidez quase esverdeada de seu rosto. Não restava dúvida, pensou Bunch, de que ele estava morrendo.

Era um homem de aproximadamente 45 anos, vestido com uma roupa preta surrada. Ela pôs de volta no chão a débil mão que estava segurando e olhou para a outra. Esta estava cerrada sobre o peito. Olhando mais de perto ela pôde ver que os dedos estavam fechados sobre o que parecia ser um grande maço ou lenço que ele segurava firmemente contra o peito. A mão fechada estava coberta de respingos de cor marrom, que Bunch imaginou ser sangue seco. Bunch voltou a se equilibrar em seus calcanhares, franzindo a testa.

Até esse ponto, os olhos do homem tinham estado fechados, mas neste instante eles se abriram de súbito e se fixaram no rosto de Bunch. Eles não mostravam estupefação ou errância. Pareciam totalmente vivos e inteligentes. Os lábios do homem se moveram e Bunch se curvou para ouvir as palavras, ou melhor dizendo, a palavra. Ele disse apenas:

– Santuário.

Havia, pensou ela, um pequeno sorriso em seus lábios enquanto ele pronunciava essa palavra. Não poderia haver erro, pois depois de um instante ele disse de novo:

– Santuário...

Então, com um longo e lânguido suspiro, seus olhos se fecharam novamente. Mais uma vez os dedos de Bunch procuraram o pulso do homem. Continuava lá, mas agora ainda mais fraco e intermitente. Ela se levantou decidida.

– Não se mova – disse. – Vou buscar ajuda.

Os olhos do homem se abriram novamente, mas ele parecia agora estar com sua atenção voltada para a luz colorida que vinha da janela leste. Murmurou alguma coisa que Bunch não entendeu muito bem. Ela pensou, assustada, que poderia ter sido o nome do seu marido.

– Julian? – ela disse. – Você veio aqui procurar Julian?

Mas não houve resposta. O homem ficou ali estendido, a respiração curta e baixa.

Bunch virou-se e saiu rapidamente da igreja. Deu uma olhada no relógio e moveu a cabeça com certa satisfação. O dr. Griffiths ainda estaria em seu consultório, que ficava a poucos minutos a pé da igreja. Chegando lá, ela entrou, sem bater ou tocar a campainha, passando pela sala de espera até o consultório do médico.

– O senhor precisa vir rápido – disse Bunch. – Tem um homem à beira da morte na igreja.

Passados alguns minutos, o dr. Griffiths levantou-se após um breve exame.

— Seria possível levá-lo daqui até o vicariato? Não creio que haja muita esperança, mas lá eu poderei atendê-lo melhor.

— Claro – disse Bunch. – Vou indo na frente para aprontar as coisas. Vou mandar Harper e Jones para cá, para ajudar o senhor a carregá-lo.

— Obrigado. Quando chegar ao vicariato, posso telefonar para chamar uma ambulância, mas receio que quando ela chegar...

Ele não terminou a frase.

— Hemorragia interna? – perguntou Bunch.

O dr. Griffiths assentiu com a cabeça.

— Como ele conseguiu chegar até aqui? – ele perguntou.

— Eu acho que ele deve ter passado a noite toda aqui – disse Bunch, reflexiva. – Harper destranca a porta da igreja pela manhã quando sai para o trabalho, mas não costuma entrar.

Cerca de cinco minutos depois, o dr. Griffiths colocou o telefone de volta no gancho e voltou para a sala onde o ferido estava deitado sobre cobertores recém-postos no sofá. Bunch carregava uma bacia com água e organizava as coisas usadas no exame médico.

— Bem, isso é tudo – disse o dr. Griffiths. – Chamei uma ambulância e notifiquei a polícia. – Ele ficou parado, franzindo a testa, olhando para o paciente que estava deitado de olhos fechados, a mão esquerda se movendo em nervosos espasmos para o lado.

— Ele foi baleado – disse Griffiths. – Baleado à queima-roupa. – Ele enrolou seu lenço e o pressionou sobre a ferida para estancar o sangue.

— Ele poderia ter ido longe depois do acontecido? – perguntou Bunch.

— Ah, sim, é bem possível. Um homem mortalmente ferido é capaz de se levantar e caminhar ao longo de uma rua como se nada tivesse acontecido, e então desfalecer de repente, cinco ou dez minutos depois. Logo, ele não foi necessariamente baleado na igreja. Não, mesmo. Ele pode ter sido baleado a uma boa distância daqui. Claro, ele pode ter atirado em si mesmo, largado o revólver e cambaleado até a igreja. Eu só não entendo por que ele foi até a igreja e não até o vicariato.

– Ah, isso eu sei – disse Bunch. – Ele disse "santuário".

O médico a encarou.

– Santuário?

– Aqui está Julian – disse Bunch, virando a cabeça ao ouvir os passos do marido no corredor. – Julian! Venha até aqui.

O reverendo Julian Harmon entrou no aposento. Seus modos vagos e professorais sempre o faziam parecer muito mais velho do que de fato era.

– Meu Deus! – disse Julian Harmon, olhando de maneira tranquila e curiosa para os instrumentos cirúrgicos e para a figura debruçada sobre o sofá.

Bunch explicou a situação em poucas palavras, como era de costume.

– Ele estava na igreja, à beira da morte. Foi baleado. Você o conhece, Julian? Pensei tê-lo ouvido dizer seu nome.

O vigário foi até o sofá e olhou para o homem agonizante.

– Pobre sujeito – ele disse, e sacudiu a cabeça. – Não, eu não o conheço. Tenho quase certeza de que nunca o vi antes.

Naquele instante os olhos do homem se abriram mais uma vez. Eles passaram do médico para Julian Harmon e dele para a sua esposa. Os olhos estacionaram ali, fitando o rosto de Bunch. Griffiths deu um passo à frente.

– Se você pudesse nos dizer... – ele disse rapidamente.

Mas com os olhos fixos em Bunch, o homem disse numa voz fraca:

– Por favor, *por favor*...

E então, com um leve tremor, morreu...

O sargento Hayes lambeu a ponta de seu lápis e virou a página do seu caderno de anotações.

– Então isso é tudo que a senhora pode me dizer, sra. Harmon?

– Sim, isso é tudo – disse Bunch. – Estas são as coisas que estavam em seus bolsos.

Sobre a mesa, perto do sargento Hayes, estavam uma carteira, um velho relógio danificado com as iniciais W.S. e a parte correspondente à volta de uma passagem de ida e volta para Londres. Nada mais.

– O senhor descobriu quem ele é? – perguntou Bunch.

– Um casal, sr. e sra. Eccles, telefonou para a delegacia. Ele é irmão da senhora, ao que parece. Seu nome é Sandbourne. Já estava mal de saúde e dos nervos há algum tempo. Andava cada vez pior. Anteontem ele saiu de casa e não voltou mais. Levava um revólver consigo.

– E ele veio até aqui e se deu um tiro com o revólver? – perguntou Bunch. – Por quê?

– Bem, ele andava deprimido...

Bunch o interrompeu:

– Não é *isso* que estou perguntando. O que quero saber é por que aqui?

Como o sargento Hayes obviamente não sabia a resposta para aquela pergunta, replicou de maneira evasiva:

– Ele chegou aqui no ônibus das 5h10.

– Sim – disse Bunch novamente –, mas *por quê*?

– Eu não sei, sra. Harmon – disse o sargento Hayes. – Não existe nenhuma explicação. Se o equilíbrio mental é perturbado...

Bunch terminou a sentença para ele:

– Eles podem fazê-lo em qualquer lugar. Mas ainda me parece desnecessário tomar um ônibus para uma pequena área rural como esta. Ele não conhecia ninguém aqui, não é?

– Não pelo que pôde ser averiguado – disse o sargento Hayes.

Ele tossiu de modo apologético enquanto se levantava e disse:

– Pode ser que o sr. e a sra. Eccles venham até aqui lhe fazer uma visita, se a senhora não se importar.

– Claro que eu não me importo – disse Bunch. – É muito natural. Eu só gostaria de ter algo a dizer a eles.

– Eu tenho que ir – disse o sargento Hayes.

– Fico muito aliviada – disse Bunch enquanto acompanhava o sargento até a porta da frente – que não tenha sido assassinato.

Um carro havia parado em frente ao portão do vicariato. O sargento Hayes, olhando rapidamente, comentou:

– Parece que o sr. e a sra. Eccles já estão aqui para falar com a senhora.

Bunch se preparou para suportar o que, ela pensava, poderia ser uma difícil provação. "De qualquer modo", pensou, "posso chamar Julian para me ajudar se for o caso. Um homem do clero é de grande ajuda quando as pessoas estão desoladas pela perda de um parente."

Bunch não sabia exatamente o que esperar do sr. e da sra. Eccles, mas foi acometida, ao cumprimentá-los, de certa perplexidade. O sr. Eccles era um homem corpulento e vistoso, de modos alegres e brincalhões. A sra. Eccles tinha um ar um pouco esnobe. Sua boca era pequena, bem delineada. Sua voz era fina e aguda.

– Foi um choque terrível, sra. Harmon, como a senhora bem pode imaginar – ela disse.

– Oh, eu sei – disse Bunch. – Deve ter sido. Sentem-se, por favor. Eu posso oferecer-lhes, bem, talvez seja um pouco cedo para o chá...

A sra. Eccles sacudiu sua pequena mão de dedos curtos:

— Não, não se incomode – ela disse. – É muito gentil da sua parte. Só gostaria de saber... bem... o que o pobre William disse e todo o resto, a senhora entende?

— Ele estava fora há tempos – disse o sr. Eccles –, e eu acho que ele deve ter tido algumas experiências muito desagradáveis. Desde que voltou para casa, andava muito quieto e deprimido. Dizia que o mundo não era um bom lugar para se viver e que não tinha nenhuma expectativa quanto ao futuro. Pobre Bill, ele sempre foi um sujeito melancólico.

Bunch olhou para eles por alguns instantes sem dizer nada.

— Ele roubou o revólver do meu marido – continuou a sra. Eccles – sem que percebêssemos. Então, ao que parece, veio até aqui de ônibus. Acho que foi sensível de sua parte. Ele não teria gostado de fazer isso em nossa casa.

— Pobre homem, pobre homem – disse o sr. Eccles com um suspiro. – Não se pode julgá-lo.

Houve outra pausa curta, então o sr. Eccles disse:

— Ele deixou uma mensagem? Últimas palavras, algo assim?

Seus olhos claros observavam Bunch atentamente. A sra. Eccles também se inclinou para frente como se estivesse ansiosa pela resposta.

— Não – disse Bunch em voz baixa. – Ele foi para a igreja quando estava à beira da morte, buscando um santuário.

— Santuário? – disse a sra. Eccles de maneira confusa. – Acho que não estou...

O sr. Eccles interrompeu:

— Lugar sagrado, minha querida – ele disse impacientemente. – É isso que a esposa do vigário quer dizer. Suicídio é pecado, você sabe. Suponho que ele quisesse se redimir.

— Ele tentou dizer algo um pouco antes de morrer – disse Bunch. – Começou dizendo "por favor", mas não foi além disso.

A sra. Eccles colocou seu lenço sobre os olhos e fungou.

– Querido, é terrivelmente triste, não é?

– Acalme-se, Pam – disse seu marido. – Não se culpe, essas coisas não podem ser evitadas. Pobre Willie. Ele está em paz agora. Bem, muito obrigado sra. Harmon. Espero que não a tenhamos estorvado em nada. A esposa de um vigário é uma mulher ocupada, sabemos disso.

Eles se despediram com um aperto de mãos. Então Eccles se voltou repentinamente para trás, para dizer:

– Ah, sim, só mais uma coisa. Creio que o casaco dele está aqui, não?

– O casaco? – Bunch franziu a testa.

– Gostaríamos de ficar com todos os pertences dele, a senhora sabe. São de valor sentimental – disse a sra. Eccles.

– Ele tinha um relógio, uma carteira e uma passagem de trem nos bolsos – disse Bunch. – Eu entreguei tudo ao sargento Hayes.

– Então está bem – disse o sr. Eccles. – Ele entregará para nós, assim espero. Seus documentos particulares devem estar na carteira.

– Havia uma nota de uma libra na carteira – disse Bunch. – Nada além disso.

– Nenhuma carta ou coisa que o valha?

Bunch sacudiu a cabeça.

– Bem, mais uma vez obrigado, sra. Harmon. O casaco que ele estava vestindo, é possível que também esteja com o sargento?

Bunch franziu a testa tentando se lembrar.

– Não – ela disse –, acho que não... deixe-me ver. O doutor e eu o tiramos para examinar a ferida – ela deu uma olhada incerta ao redor do ambiente. – Devo tê-lo levado para o andar de cima, junto com as toalhas e a bacia.

– Eu estava pensando, sra. Harmon, se a senhora não se importar... Nós gostaríamos de ficar com o casaco, a senhora entende, a última coisa que ele vestiu. Bem, teria um valor imenso para minha esposa.

– Claro – disse Bunch. – O senhor gostaria que eu mandasse lavar antes?

– Oh, não, não, não, isso não é necessário.

Bunch franziu a testa.

– Agora eu me pergunto onde é que... me deem licença por um momento.

Ela subiu as escadas e demorou alguns minutos para retornar.

– Desculpem-me – ela disse ofegante –, minha diarista deve ter posto o casaco junto com as outras roupas que foram para a lavanderia. Levei um bom tempo para encontrá-lo. Aqui está. Vou embrulhá-lo para vocês.

Contrariando os protestos do casal, ela o fez; então, despedindo-se efusivamente mais uma vez, o sr. e a sra. Eccles partiram.

Bunch voltou lentamente pelo corredor e entrou no escritório. O reverendo Julian Harmon levantou os olhos e seu rosto desanuviou-se. Ele estava escrevendo um sermão e receava ter sido desviado do rumo pelo interesse que lhe despertaram as relações políticas entre a Judeia e a Pérsia, durante o reinado de Ciro.

– Sim, querida? – ele disse esperançoso.

– Julian – perguntou Bunch –, o que é exatamente um santuário?

Julian Harmon pôs de lado a folha do sermão.

– Bem – ele disse –, santuário em templos gregos e romanos era a *cella* na qual ficava a estátua de um Deus. A palavra em latim para altar, "*ara*", também significa proteção – ele continuou doutamente. – No ano 399 d.C., o direito a santuário foi enfim reconhecido nas Igrejas Cristãs. A mais antiga menção do direito a santuário na Inglaterra está no Código de Leis emitido por Ethelbert no ano 600 d.C....

Ele continuou por algum tempo com sua explicação. Julian seguidamente ficava desconcertado com a receptividade da esposa aos seus pronunciamentos eruditos.

– Querido – ela disse –, você é um doce.

Inclinando-se, ela o beijou na ponta do nariz. Julian se sentiu um pouco como um cão que fosse recompensado por um truque engenhoso.

– O sr. e a sra. Eccles estiveram aqui – disse Bunch.

O vigário franziu a testa.

– O sr. e a sra. Eccles? Eu não me lembro...

– Você não os conhece. Ela é irmã do homem da igreja e ele é seu marido.

– Minha querida, você deveria ter me chamado.

– Não houve necessidade – disse Bunch. – Eles não estavam precisando de consolo. Será que... – ela franziu a testa – se eu deixasse um ensopado no forno amanhã, você conseguiria se virar, Julian? Estou pensando em ir até Londres ver as liquidações, que são uma joia!

– Uma joia? – O marido a olhou sem entender. – Você diz ouro, brilhante ou coisa parecida?

– Não, querido. Há uma liquidação especial ocorrendo na Burrows & Portman's. Você sabe, lençóis, toalhas de mesa e panos de prato. Não sei o que nós fazemos com nossos panos, mas eles ficam gastos em muito pouco tempo. Além disso – ela acrescentou habilmente –, acho que está na hora de visitar a tia Jane.

II

Aquela doce velhinha, Miss Jane Marple, estava gozando dos prazeres da metrópole por duas semanas, confortavelmente instalada no apartamento do seu sobrinho.

– É tão gentil da parte de Raymond – ela murmurou. – Ele e Joan foram para os Estados Unidos por duas semanas e insistiram para que eu ficasse aqui e me divertisse. E agora, querida Bunch, me conte o que a está preocupando.

Bunch era a afilhada predileta de Miss Marple, e a velha senhora a olhava com grande afeição quando Bunch, com seu chapéu enfiado na parte de trás da cabeça, começou a contar a história.

O relato de Bunch foi claro e conciso. Miss Marple acenou com a cabeça quando Bunch terminou.

– Entendo – ela disse –, entendo.

– É por isso que eu achei que deveria vir até a senhora – disse Bunch. – A senhora vê, sem ser muito esperta...

– Mas você é esperta, minha querida.

– Não, não sou. Não como Julian.

– Julian, é claro, tem um intelecto muito sólido – disse Miss Marple.

– Exatamente – disse Bunch. – Julian tem o intelecto, mas eu, por outro lado, tenho a *sensibilidade*.

– Você tem muito bom-senso, Bunch, e é muito inteligente.

– A senhora vê, eu não sei muito bem o que fazer. Não posso perguntar a Julian porque, bem, quero dizer, Julian é tão cheio de integridade...

A declaração pareceu ter sido perfeitamente compreendida por Miss Marple, que disse:

– Eu entendo o que você quer dizer. Para nós mulheres, bem, é diferente. – Ela continuou. – Você me contou o que aconteceu, Bunch, mas eu gostaria de saber primeiro exatamente o que você pensa sobre isso.

– Está tudo errado – disse Bunch. – O homem que estava na igreja, morrendo, sabia tudo sobre santuário. Ele disse exatamente da maneira que Julian teria dito. Quero dizer, ele era um homem instruído e culto. E se ele tivesse dado um tiro em si mesmo, não se arrastaria, depois disso, até uma igreja para dizer "santuário". Santuário significa que quando você está sendo perseguido, ao entrar numa igreja, você está salvo. Seus perseguidores não podem tocá-lo. Em certa época nem mesmo as autoridades podiam pegar você.

Ela olhou inquisitivamente para Miss Marple. Esta acenou com a cabeça. Bunch continuou:

– Aquelas pessoas, o sr. e a sra. Eccles, eram bem diferentes. Ignorantes e vulgares. E tem mais uma coisa. O relógio, o relógio do falecido. Tinha as iniciais W.S. na parte de trás. Mas dentro, eu o abri, estava escrito em letras muito pequenas "Para Walter, de seu pai" e tinha uma data. *Walter*. Mas o sr. e a sra. Eccles se referiam a ele como William ou Bill.

Miss Marple parecia pronta para dizer alguma coisa, mas Bunch continuou, afobada:

– Ah, eu sei que nem sempre alguém é chamado pelo nome de batismo. Quero dizer, posso entender que você seja batizado William e seja chamado de "Peixe" ou "Cenoura" ou algo assim. Mas a sua irmã não chamaria você de William ou Bill se o seu nome verdadeiro fosse Walter.

– Você quer dizer que ela não era irmã dele?

– Tenho certeza de que ela não era irmã dele. Eles eram repugnantes, os dois. Foram até o vicariato para pegar as coisas do homem e para saber se ele havia dito alguma coisa antes de morrer. Quando eu lhes disse que ele não havia dito nada, vi apenas uma coisa escrita em seus rostos: alívio. Pensei comigo mesma – concluiu Bunch – que foi Eccles que atirou nele.

– Assassinato? – disse Miss Marple.

– Sim – disse Bunch. – Assassinato. É por isso que eu procurei a senhora, querida tia.

As observações de Bunch poderiam ter parecido incongruentes para um ouvinte comum, mas Miss Marple era famosa, em certas esferas, por desvendar assassinatos.

– Ele disse "Por favor" para mim, antes de morrer – disse Bunch. – Ele queria que eu fizesse alguma coisa por ele. O mais triste é que eu não faço ideia do que essa coisa possa ser.

Miss Marple refletiu por alguns instantes, e então perguntou algo que já tinha ocorrido a Bunch:

— Mas por que ele estava lá, afinal?

— A senhora quer dizer – disse Bunch – que, se você está procurando um santuário, pode entrar numa igreja em qualquer lugar. Não há necessidade de pegar um ônibus que só sai quatro vezes ao dia e ir até um local isolado como o nosso.

— Ele deve ter ido até lá com algum propósito – cogitou Miss Marple. – Deve ter ido para ver alguém. Chipping Cleghorn não é uma cidade grande, Bunch.

Bunch repassou em sua mente todos os habitantes do lugarejo antes de sacudir a cabeça ainda um tanto hesitante.

— De certo modo – ela disse –, poderia ser qualquer pessoa.

— Ele não mencionou nenhum nome?

— Ele disse Julian, ou eu pensei tê-lo ouvido dizer Julian. Poderia ter sido Júlia, acho. Mas até onde sei, não há nenhuma Júlia vivendo em Chipping Cleghorn.

Ela apertou os olhos enquanto se lembrava da cena. O homem deitado nos degraus da capela, a luz entrando pela janela, brilhando como joias azuis e vermelhas.

— Joias – disse Miss Marple, pensativa.

— Agora estou chegando – disse Bunch – na parte mais importante de todas. A senhora vê, o sr. e a sra. Eccles fizeram a maior questão de ficar com o casaco do falecido. Nós o tiramos quando o médico estava examinando ele. Era um casaco velho e surrado, não haveria nenhuma razão para eles quererem tanto a peça. Eles fingiram que era algo sentimental, mas aquilo foi pura tolice. De qualquer maneira, subi até o andar de cima para buscá-lo, e quando eu estava subindo as escadas, me lembrei que ele havia feito um gesto com a mão, tateando o casaco como se quisesse pegar alguma coisa. Então, quando peguei o casaco, examinei-o bem e vi que, numa das partes, o forro havia sido recosturado com uma linha diferente. Então eu descosturei essa parte e encontrei um pequeno pedaço de papel lá dentro. Tirei o papel e costurei o forro novamente com a linha apropriada. Fui muito cuidadosa e não acho que o sr. e a sra. Eccles notaram o que eu fiz. *Acho* que eles não notaram, mas não posso ter certeza. Depois eu desci com o casaco, entreguei a eles e inventei alguma desculpa para a demora.

– E o pedaço de papel? – perguntou Miss Marple.

Bunch abriu sua bolsa.

– Não mostrei para Julian – ela disse –, porque ele teria dito que eu deveria tê-lo entregado ao sr. e a sra. Eccles. Mas pensei que seria melhor trazê-lo para a senhora em vez disso.

– Um canhoto de guarda-volumes – disse Miss Marple olhando para o papel. – Estação de Paddington.

– Ele tinha uma passagem de volta para Paddington no bolso – disse Bunch.

Os olhos das duas mulheres se encontraram.

– Precisamos agir – disse Miss Marple vivamente. – Mas seria aconselhável ter muita cautela. Você notou, minha querida Bunch, se estava sendo seguida em sua vinda para Londres esta tarde?

– Seguida! – exclamou Bunch. – A senhora não acha que...

– Bem, eu acho que é *possível* – disse Miss Marple. – Quando tudo é possível nós temos que tomar precauções. – Ela se levantou num movimento rápido. – Você veio até aqui, minha querida, com o pretexto de ver as liquidações. Eu acho que a coisa certa a fazer seria irmos até algumas lojas. Mas antes de começarmos, é melhor fazermos alguns ajustes. Suponho – acrescentou Miss

Marple sombriamente – que não precisarei do velho casaco de tweed com a gola de pele de castor esta tarde.

Cerca de uma hora e meia depois, as duas senhoras, muito mal vestidas e parecendo esgotadas, ambas agarradas a suados embrulhos contendo roupas de cama e mesa, sentaram-se numa pequena e isolada hospedaria chamada Galho de Maçã, para recuperar suas forças com uma torta de miúdos seguida de torta de maçã com creme.

– Com certeza são toalhas de rosto de qualidade, como as antigas – disse Miss Marple ofegante. – E têm um jota bordado. É uma alegre coincidência que a esposa de Raymond se chame Joan. Eu vou guardá-las até que sejam realmente necessárias, e elas poderão servir para Joan caso eu vá desta para melhor antes do esperado.

– Eu estava mesmo precisando de uns panos de prato – disse Bunch. – E estas peças estavam muito baratas, embora não tão baratas quanto as que aquela ruiva arrancou da minha mão.

Uma mulher jovem e elegante, usando uma quantidade considerável de blush e batom, entrou no Galho de Maçã naquele instante. Depois de olhar em volta por alguns instantes de modo vago, precipitou-se até a mesa onde estavam sentadas Bunch e Miss Marple. Ela colocou um envelope sobre a mesa perto de Miss Marple.

– Aqui está, Miss – ela disse alegremente.

– Obrigada, Gladys – disse Miss Marple. – Muito obrigada. Muito gentil da sua parte.

– É uma satisfação servi-la – disse Gladys. – Ernie sempre me diz, "Tudo de bom que você aprendeu foi com aquela Miss Marple para quem você trabalhou", e sem dúvida eu sempre fico feliz em ajudá-la, senhora.

– Uma moça muito simpática – disse Miss Marple enquanto Gladys se retirava. – Sempre tão disposta e tão gentil.

Ela olhou dentro do envelope e depois o passou para Bunch.

— Agora tenha muito cuidado, querida — ela disse. — A propósito, aquele simpático inspetor ainda trabalha em Melchester?

— Não sei — disse Bunch. — Espero que sim.

— Bem, se não for este o caso — disse Miss Marple pensativamente —, posso ligar para o chefe de polícia. *Acho que ele ainda deve estar lembrado de mim.*

— É claro que ele vai lembrar da senhora — disse Bunch. — Qualquer pessoa se lembraria da senhora. A senhora é única — ela concluiu.

Chegando a Paddington, Bunch se dirigiu ao guichê de bagagens e apresentou o canhoto do guarda-volumes. Após alguns instantes uma velha e surrada mala foi entregue a ela, e carregando-a ela caminhou até a plataforma.

A viagem de volta para casa foi tranquila. Bunch levantou-se quando o trem se aproximou de Chipping Cleghorn e pegou a velha mala. Assim que ela desceu do vagão, um homem, correndo rapidamente ao longo da plataforma, puxou de repente a mala da mão de Bunch e saiu, disparado com ela.

— Pare! — gritou Bunch. — Detenham-no! Ele pegou a minha mala!

O bilheteiro que, nessa estação rural, era um homem de reações um tanto lentas, apenas começara a dizer: "Olhe aqui, você não pode fazer isso...", quando um forte golpe no peito o empurrou para o lado, e o homem correu para fora da estação, carregando a mala. Ele foi até um carro que o esperava. Jogou a mala para dentro e estava prestes a segui-la, mas antes que pudesse se mover uma mão segurou seu ombro, e a voz do chefe de polícia Abel disse:

— E então, o que está acontecendo aqui?

Bunch chegou ofegante, vinda da estação.

— Ele roubou a minha mala. Eu tinha acabado de sair do trem com ela.

– Bobagem – disse o homem. – Eu não sei o que esta senhora está falando. Esta mala é minha. Eu acabo de descer do trem com ela.

Ele fitou Bunch com um olhar estúpido e imparcial. Ninguém diria que o chefe de polícia e a sra. Harmon haviam passado longos períodos, durante os intervalos de Abel, discutindo as respectivas virtudes do adubo e da farinha de ossos para as roseiras.

– A senhora afirma que a mala é sua? – disse o chefe de polícia Abel.

– Sim – disse Bunch. – Definitivamente.

– E o senhor?

– Eu digo que a mala é minha.

Era um homem alto, moreno e bem-vestido, falava lentamente e agia de maneira superior. Uma voz feminina vinda de dentro do carro disse:

– É claro que esta mala é sua, Edwin. Eu não sei do que esta mulher está falando.

– Vamos ter que esclarecer esta situação – disse o chefe de polícia Abel. – Se esta mala é sua, madame, diga-me o que tem dentro dela.

– Roupas – disse Bunch. – Um longo casaco de tweed com gola de pele de castor, dois blusões de lã e um par de sapatos.

– Bem, isso foi claro o suficiente – disse o policial. Ele voltou-se para o outro.

– Eu sou figurinista de teatro – disse o homem com arrogância. – Esta mala contém objetos cenográficos que eu trouxe até aqui para uma performance amadora.

– Muito bem, senhor – disse o chefe de polícia Abel. – Bem, vamos ter que dar uma olhada, não é? Podemos ir até a delegacia de polícia ou, se estiverem com pressa, podemos levar a mala até a estação e abri-la lá mesmo.

– Para mim está bem assim – disse o homem moreno. – A propósito, meu nome é Moss, Edwin Moss.

O chefe de polícia, carregando a mala, voltou para a estação.

– Só vou levar isto até o setor de despacho, George – ele disse ao bilheteiro.

O chefe de polícia Abel colocou a mala sobre a bancada do despacho e puxou o fecho para trás. A mala não estava chaveada. Bunch e o sr. Edwin estavam um de cada lado do policial, os olhares se encontrando num mesmo sentimento de vingança.

– Ah! – disse o chefe de polícia Abel, conforme puxava a tampa.

Do lado de dentro, primorosamente dobrado, estava um surrado casaco de tweed com uma gola de pele de castor. Havia também dois blusões de lã e um par de sapatos.

– Exatamente como a senhora havia dito, madame – disse o policial voltando-se para Bunch.

Ninguém podia dizer que o sr. Edwin Moss não fazia as coisas direito. Sua consternação e remorso foram impressionantes.

– Me desculpe – ele disse. – Mil perdões. Por favor, acredite em mim, cara senhora, quando eu lhe digo que sinto muitíssimo. É imperdoável, totalmente imperdoável o meu comportamento – ele olhou para o seu relógio. – Bem, tenho que ir agora. É provável que a minha mala tenha ido com o trem.

Levantando mais uma vez seu chapéu, ele disse docemente a Bunch:

– Perdoe, senhora – e saiu apressado da sala de despacho.

– O senhor vai deixá-lo escapar? – perguntou Bunch em tom conspirador ao chefe de polícia.

O último fechou lentamente um de seus olhos apáticos numa piscadela.

– Ele não irá muito longe, dona – ele disse. – Quero dizer, ele não irá muito longe sem que seja visto, se a senhora me entende.

— Ah — disse Bunch aliviada.

— Aquela velha senhora me telefonou — disse o chefe de polícia Abel —, aquela que esteve aqui há alguns anos. Esperta ela, não é? Mas hoje teve muito movimento por aqui. É provável que o inspetor ou o sargento fale com a senhora amanhã de manhã.

III

Foi o inspetor quem compareceu, o inspetor Craddock, de quem Miss Marple havia se lembrado. Ele cumprimentou Bunch com um sorriso nos lábios, como um velho amigo.

— Mais um crime em Chipping Cleghorn — ele disse animado. — Aqui não se sente falta de emoção, não é, sra. Harmon?

— Eu estaria satisfeita com bem menos — disse Bunch. — O senhor veio para me fazer perguntas ou para me contar alguma coisa, afinal?

— Primeiro eu vou lhe contar algumas coisas — disse o inspetor. — Para começar, o sr. e a sra. Eccles já estavam sendo vigiados havia algum tempo. Há suspeitas de que eles estejam envolvidos em diversos roubos na região. E mais, embora a sra. Eccles tenha um irmão chamado Sandbourne, que há pouco voltou do exterior, o homem que a senhora encontrou agonizando na igreja ontem definitivamente não era Sandbourne.

— Eu sabia que não era ele — disse Bunch. — Para começar seu nome era Walter, e não William.

O inspetor concordou com um aceno de cabeça.

— O nome dele era Walter St. John, e ele havia fugido da prisão de Charrington 48 horas antes.

— Claro — disse Bunch baixinho para si mesma —, ele estava sendo perseguido pela lei e procurou um santuário.

Então ela perguntou:

– O que ele havia feito?

– Vou ter que retroceder bastante para lhe contar. É uma história complicada. Há muitos anos, havia uma certa dançarina que apresentava números num teatro de variedades. A senhora provavelmente nunca ouviu falar dela, mas ela havia se especializado numa dança de *As mil e uma noites*: "Aladim na Caverna das Joias", como era chamada. Ela usava alguns diamantes falsos e pouquíssima roupa. Não era uma grande dançarina, mas era bem atraente. De qualquer modo, um nobre asiático se apaixonou por ela. Entre outras coisas, ele a presenteou com um magnífico colar de esmeraldas.

– As históricas joias de Rajah? – murmurou Bunch extasiada.

O inspetor Craddock tossiu.

– Bem, uma versão mais moderna, sra. Harmon. O caso não durou muito tempo. Acabou-se quando a atenção do potentado foi capturada por uma estrela de cinema cujas exigências eram bem menos modestas.

"A dançarina, vamos chamá-la de Zobeida, seu nome artístico, ficou com o colar, e este foi roubado pouco tempo depois. O colar desapareceu do seu camarim no teatro, e havia uma suspeita fundada das autoridades de que ela mesma haveria planejado o sumiço. Esse tipo de coisa era um golpe para chamar a atenção, para encobrir algo ainda mais desonesto. O colar nunca foi recuperado, mas durante o curso da investigação a atenção da polícia se voltou para esse homem, Walter St. John. Era um homem de boas maneiras e boa formação, que havia entrado em decadência e trabalhava como vendedor de joias para uma firma um tanto obscura, que era suspeita de ser receptadora de joias roubadas. Havia evidências de que este colar havia passado por suas mãos. Porém, foi só quando se pôde provar a sua ligação com outro ladrão de joias que ele foi enfim levado a julgamento e condenado à prisão. A pena não seria muito longa, por isso sua fuga pegou a todos de surpresa.

– Mas por que ele veio até aqui? – perguntou Bunch.

– É isso que nós queremos descobrir, sra. Harmon. Seguindo seu rastro, parece que ele foi primeiro a Londres. Não visitou nenhum de seus antigos sócios, mas visitou uma senhora idosa, a sra. Jacobs, que havia sido figurinista de teatro anteriormente. Ela não quis dizer uma palavra sobre o motivo de sua visita, mas de acordo com outros inquilinos da residência, ele saiu de lá carregando uma mala.

– Entendo – disse Bunch. – Ele deixou a mala no guarda-volumes em Paddington e veio até aqui.

– A essa altura – disse o inspetor Craddock –, Eccles e o homem que se apresentou como Edwin Moss já estavam em seu encalço. Eles queriam aquela mala. Eles o viram entrar no ônibus. Devem ter vindo de carro um pouco à frente e esperado que ele saísse do ônibus.

– E então ele foi assassinado? – disse Bunch.

– Sim – disse Craddock. – Ele foi baleado. O revólver era de Eccles, mas eu acho que foi Moss quem atirou. Agora, sra. Harmon, o que queremos saber é: onde está a mala que Walter St. John de fato guardou na estação de Paddington?

Bunch deu uma risada.

– Acho que já deve estar com a tia Jane – ela disse –, quero dizer, Miss Marple. Este era o plano dela. Mandou uma antiga empregada fazer uma mala com algumas coisas dela e depositá-la no guarda-volumes de Paddington. Depois, nós trocamos de recibo. Retirei a mala que a empregada havia deixado e a trouxe de trem. Miss Marple já estava prevendo que haveria alguma tentativa de tomar a mala de mim.

Foi a vez de o inspetor Craddock rir.

– Foi o que ela disse quando telefonou. Vou até Londres para vê-la. A senhora quer vir junto, sra. Harmon?

— Bem... – disse Bunch, pensativa. – Bem... para falar a verdade, é uma grande coincidência. Eu tive uma dor de dente na noite passada, então realmente devo ir a Londres para fazer uma visita ao dentista, não devo?

— Definitivamente – disse o inspetor Craddock...

Miss Marple correu os olhos do rosto do inspetor Craddock diretamente para o rosto ávido de Bunch Harmon. A mala estava sobre a mesa.

— É claro que não a abri – disse a velha senhora. – Nunca pensaria em fazer qualquer coisa antes que chegasse alguma autoridade. Além do que – ela acrescentou com um recatado e comedido sorriso malicioso –, ela está trancada.

— A senhora gostaria de arriscar um palpite sobre o que tem dentro, Miss Marple?

— Imagino – disse Miss Marple – que sejam os figurinos de Zobeida. O senhor gostaria de um cinzel, inspetor?

O cinzel logo cumpriu sua função. As duas mulheres deram uma leve arfada quando a tampa abriu. A luz do sol vinda da janela iluminou o que parecia um inesgotável tesouro de joias brilhantes: vermelhas, azuis, verdes, laranjas.

— A Caverna de Aladim – disse Miss Marple. – As joias falsas que a garota usava para dançar.

— Ah! – disse o inspetor Craddock – O que há de tão precioso nisto para que um homem tenha sido assassinado em nome de sua captura?

— Ela era uma garota esperta, acredito – disse Miss Marple pensativamente. – Ela já está morta, não está, inspetor?

— Sim, morreu há três anos.

— Ela tinha um valioso colar de esmeraldas – disse Miss Marple, refletindo. – Retirou as pedras do cordão e as ajustou aqui e ali em suas fantasias de teatro, onde todos as veriam como meras pedras de vidro colorido. Então mandou fazer uma réplica do colar verdadeiro, e essa réplica, obviamente, é que foi roubada. É por isso que nunca chegou ao mercado. O ladrão logo descobriu que as pedras eram falsas.

– Tem um envelope aqui – disse Bunch, empurrando algumas das pedras brilhantes.

O inspetor Craddock pegou o envelope das mãos de Bunch e tirou dele dois documentos oficiais. Leu em voz alta:

– "Certidão de Casamento entre Walter Edmund St. John e Mary Moss." Esse era o verdadeiro nome de Zobeida.

– Então eles eram casados – disse Miss Marple. – Muito bem.

– O que é o outro papel? – perguntou Bunch.

– A certidão de nascimento de uma filha, Jewel.

– Jewel? – gritou Bunch. – Mas é claro. Jewel! *Jill*! É isso. Agora eu entendo por que ele veio para Chipping Cleghorn. É isso que ele estava tentando me dizer. Jewel. O sr. e a sra. Mundy. Laburnum Cottage. Eles criam uma menininha para alguém. Eles são muito afeiçoados a ela. Eles a tratam como se fosse sua própria neta. Sim, agora eu me lembro, o nome dela *era* Jewel, só que, é claro, eles a chamam de Jill. A sra. Mundy teve um derrame há mais ou menos uma semana, e o sr. Mundy está muito doente, pneumonia. Os dois iam ter que ir para o hospital. Tenho tentado encontrar um bom lar para Jill. Não queria que ela fosse levada para uma instituição. Acho que seu pai deve ter ouvido essas notícias na prisão e dado um jeito de escapar e de pegar esta mala que, ele ou a sua mulher, havia deixado com a velha figurinista. Suponho que se as joias de fato pertenciam à sua mãe, elas podem ser usadas para ajudar a menina agora.

– Imagino que sim, sra. Harmon. *Se* elas estiverem aqui.

– Ah, elas estarão aqui com certeza – disse Miss Marple animada.

IV

— Graças a Deus você está de volta, querida — disse o reverendo Julian Harmon, saudando sua esposa com afeição e uma ponta de satisfação. — A sra. Burt sempre faz o melhor que pode quando você não está, mas ela me serviu uns bolinhos de peixe *muito* peculiares no almoço. Eu não queria magoá-la, então os dei para o Tiglath-Pileser*, mas nem *ele* quis comê-los, então eu tive que jogá-los pela janela.

— Tiglath-Pileser — disse Bunch acariciando o gato do vicariato, que estava ronronando encostado ao seu joelho — é muito seletivo em relação aos peixes que come. Sempre digo que ele tem um paladar refinado!

— E o seu dente, querida? Resolveu o problema?

— Sim — disse Bunch. — Nem doeu muito, e já aproveitei para visitar a tia Jane de novo.

— Querida velhinha — disse Julian. — Espero que ela não esteja muito debilitada.

— Nem um pouco — disse Bunch com uma risada.

Na manhã seguinte Bunch levou uma leva fresca de crisântemos para a igreja. O sol estava mais uma vez vertendo pela janela leste, e Bunch parou nos degraus do altar sob a luz brilhante. Numa voz muito baixa e suave ela disse:

— A sua menininha vai ficar bem. Vou cuidar para que isso aconteça. Eu prometo.

Então ela arrumou a igreja, foi até um banco e se ajoelhou por alguns momentos para fazer suas preces. Depois teria que retornar ao vicariato para enfrentar as tarefas acumuladas de dois dias de ausência.

---

* Tiglath-Pileser foi o mais famoso dos monarcas do primeiro império assírio (por volta de 1110 a.C.). (N.T.)

Série Agatha Christie na Coleção **L&PM** POCKET

O homem do terno marrom
O segredo de Chimneys
O mistério dos sete relógios
O misterioso sr. Quin
O mistério Sittaford
O cão da morte
Por que não pediram a Evans?
O detetive Parker Pyne
É fácil matar
Hora Zero
E no final a morte
Um brinde de cianureto
Testemunha de acusação e outras histórias
A Casa Torta
Aventura em Bagdá
Um destino ignorado
A teia da aranha (com Charles Osborne)
Punição para a inocência
O Cavalo Amarelo
Noite sem fim
Passageiro para Frankfurt
A mina de ouro e outras histórias

MISTÉRIOS DE HERCULE POIROT

Os Quatro Grandes
O mistério do Trem Azul
A Casa do Penhasco
Treze à mesa
Assassinato no Expresso Oriente
Tragédia em três atos
Morte nas nuvens
Os crimes ABC
Morte na Mesopotâmia
Cartas na mesa
Assassinato no beco
Poirot perde uma cliente
Morte no Nilo
Encontro com a morte
O Natal de Poirot
Cipreste triste
Uma dose mortal
Morte na praia
A Mansão Hollow
Os trabalhos de Hércules
Seguindo a correnteza
A morte da sra. McGinty
Depois do funeral
Morte na rua Hickory
A extravagância do morto
Um gato entre os pombos
A aventura do pudim de Natal
A terceira moça
A noite das bruxas
Os elefantes não esquecem
Os primeiros casos de Poirot
Cai o pano: o último caso de Poirot
Poirot e o mistério da arca espanhola e outras histórias
Poirot sempre espera e outras histórias

MISTÉRIOS DE MISS MARPLE

Assassinato na casa do pastor
Os treze problemas
Um corpo na biblioteca
A mão misteriosa
Convite para um homicídio
Um passe de mágica
Um punhado de centeio
Testemunha ocular do crime
A maldição do espelho
Mistério no Caribe
O caso do Hotel Bertram
Nêmesis
Um crime adormecido
Os últimos casos de Miss Marple

MISTÉRIOS DE TOMMY & TUPPENCE

O adversário secreto
Sócios no crime
M ou N?
Um pressentimento funesto
Portal do destino

ROMANCES DE MARY WESTMACOTT

Entre dois amores
Retrato inacabado
Ausência na primavera
O conflito
Filha é filha
O fardo

TEATRO

Akhenaton
Testemunha de acusação e outras peças
E não sobrou nenhum e outras peças